왜 폭력을 쓰면 안 되나요?

왜 폭력을 쓰면 안 되나요?

1판 1쇄 펴냄 2012년 4월 6일
1판 7쇄 펴냄 2014년 11월 24일

지은이 조지혜
그린이 천필연
편집 박경화, 최민경, 황설경, 이은영, 유나리
마케팅 송만석, 한아름

펴낸이 하진석
펴낸곳 참돌어린이

주소 서울시 마포구 독막로 3길 8
전화 02-518-3919
팩스 0505-318-3919
이메일 book@charmdol.com
신고번호 제313-2011-157호
신고일자 2011년 5월 30일

ISBN 978-89-97592-02-9 64800

왜 폭력을 쓰면 안 되나요?

조지혜 지음 • 천필연 그림
황준원(강원대학교병원 소아정신과 교수) 감수

참돌어린이

감수글

"폭력은 안돼! 절대 안돼요."

친구들은 언제 폭력을 쓰게 되나요? 친구가 나를 놀릴 때? 잘난 척하는 친구가 보기 싫어서? 나보다 약한 친구에게? 그냥 아무런 이유도 없이 심심해서? 요즘 많은 친구들이 폭력을 아무렇지도 않게 그리고 너무 쉽게 사용해요. 그런데 친구들 혹시 그거 알고 있나요? 어떠한 이유에서도 폭력은 절대 용납될 수 없다는 것 말이에요. 설령 친구가 나에게 잘못을 했다고 해도 말이죠.

인도의 민족 운동 지도자 간디는 '폭력은 짐승의 법칙이고, 비폭력은 사람의 법칙이다.'라는 말을 했어요. 이 말처럼 폭력은 짐승처럼 생각할 수 없는 동물이 달리 표현할 수 있는 방법이 없을 때나 사용하는 표현 방법이에요. 인간이라면 인간다운 방법으로 나를 표현할 줄 알아야 해요. 인간에게는 생각하는 힘이 있으니까요.

하지만 생각하는 힘이 있다고 해서 모든 사람들이 폭력을 사용하지 않는 건 아니에요. 폭력을 사용하지 않기 위해서는 각자가 많은 노력을 해야 하죠. 그렇다면 우리는 폭력을 쓰지 않기 위해 어떤 노력을 할 수 있을까요?

가끔 어떤 친구들은 이렇게 얘기할 때도 있어요. "때리는 게 뭐 어때서요?" 많은 친구들이 친구를 때리면서도 그 행동이 무엇이, 왜 잘못된 것인지 모를 때가 많아요. 왜 폭력을 쓰면 안 되는지 바르게 알고, 나 스스로 마음속 깊이 깨달아야 해요. 이것을 내재화라고 하는데 왜 폭력을 쓰면 안 되는지 마음속에 내재화가 된다면 우리 친구들의 행동이 자연스럽게 변할 수 있을 거예요.

《왜 폭력을 쓰면 안 되나요?》에서는 여러분이 어떻게 어떤 노력을 하면 되는지 하나하나 알려 줄 거예요. 'PART 1'에서는 친구들이 왜 폭력을 쓰면 안 되는지를 재미있고 쉽게 설명하고 있어요. 이 이야기를 통해 마음에 내재화를 시키고, 'PART 2'에서 알려 주는 비폭력의 방법들을 행동으로 옮겨 보도록 해요.

2012년 4월에

황준원

차례

부록 엄마 아빠가 읽어요

PART 1

왜 폭력을 쓰면 안 되나요?

우리들 세상

"1교시 수업은 여기서 마칠게요. 다음 시간은 미술 시간이니까 모두 준비물 꺼내 놓고 있도록 해요."

"네!"

선생님 말씀에 아이들이 힘차게 대답했어요. 동수도 가방에서 미술 준비물을 꺼냈어요. 그런데 그때, 뒤에 앉은 재민이가 동수의 머리를 툭툭 치며 말했어요.

"야! 김동수! 물 한 잔 갖고 와."

재민이는 매우 당당했어요. 동수는 아무 말도 하지 않고 어깨가 축 처진 채 교실 뒤에 있는 정수기에서 물을 따라 재민이에게 가져다주었어요. 재민이가 물을 다 마시자 그 옆에 앉은 재형이도 덩달아 심부름을 시켰어요.

"김동수! 나도 물 한 잔!"

동수는 또 아무 말도 하지 않고 물을 가져다주었어요. 그러자 이번에는 혁수까지 심부름을 시켰어요.

동수는 점점 화가 나기 시작했어요. 하지만 친구들에게 직접 가져다 먹으라고 말할 용기가 나지 않았어요. 내성적인 성격의 동수로서는 자신의 속마음을 친구들에게 말하기가 정말 힘들었어요. 게다가 싸움 잘하는 재민이가 시키는 대로 하지 않으면 계속해서 괴롭힘을 당할 게 뻔했어요.

그런데 혁수가 물을 가져온 동수에게 갑자기 화를 냈어요.

"야, 하기 싫어? 그럼 싫다고 말을 하지, 왜 째려보고 그래!"

혁수는 말이 끝나기가 무섭게 동수를 두 손으로 확 밀었어요. 손에 들고 있던 물이 동수의 얼굴과 옷에 쏟아졌고, 동수는 뒤로 엉덩방아

를 찧으며 넘어지고 말았어요. 재민이가 일어나 동수의 다리를 툭툭 걷어차며 말했어요.

"야! 나한테도 떠다 주기 싫었어? 싫음 싫다고 말로 해. 왜 기분 나쁘게 사람을 째려봐!"

재민이는 자신을 우습게 볼까 봐 다시는 까불지 못하게 동수를 더 세게 걷어찼어요.

"아니……. 그게……. 그런 게 아닌데……. 미안해."

동수는 창피하고 마음이 아팠어요. 그리고 힘없는 자신이 원망스러웠어요.

여러분 중에도 혹시 내가 하기 싫거나 귀찮은 일을 나보다 약한 친구에게 시킨 적이 있나요? 약한 친구를 괴롭히고 때린 적은요?

사람은 동물과 달리 생각할 수 있는 머리와 느낄 수 있는 마음이 있어요. 그래서 누군가에게 맞거나 괴롭힘을 당하면 힘들고 괴로워요. 이건 모든 사람이 마찬가지랍니다. 그렇기 때문에 다른 친구를 함부로 부리거나 내 마음에 안 든다고 때려서는 안 돼요. 그런데 요즘 많은 친구들이 자신의 소중함은 잘 알면서 다른 사람의 소중함은 무시하는 경우가 많은 것 같아요.

재민이도 자신만 생각하고 행동했지, 동수의 입장과 기분은 전혀 생각하지 않았어요. 단지 내가 하기 싫은 일이었고, 그 일을 대신 해 줄 만만한 사람을 찾았던 거예요. 즉, 동수를 마구 부려도 되는 심부름꾼 정도로 취급한 것입니다. 만약 재민이가 자신이 당하는 입장일 때 어땠을지 생각해 봤다면, 동수에게 함부로 대하지 못했을 거예요.

혹시 '존엄성'이라는 단어를 들어 본 적이 있나요? 국어사전을 보면 이 단어의 뜻은 '감히 범할 수 없는 높고 엄숙한 성질'이라고 해요. 그렇다면 인간에게 존엄성이 있다는 말은 무슨 의미일까요? '모든 인간은 각자의 삶 속에서 존중받을 가치가 있는 존재'라는 뜻이에요. 즉, 다른 누군가가 함부로 대할 수는 없다는 것입니다.

인간은 누구나 존엄성을 지니고 있어요. 그렇기 때문에 키가 작고 힘이 없다고 해서 얕잡아 보거나 함부로 여겨 존엄성을 짓밟아서는 안 돼요. 내가 소중한 만큼 친구도 소중한 존재라는 것을 꼭 기억해야 해요.

옛말에 '내가 존중받기 원한다면 남을 먼저 존중하라.'는 말이 있어요. 모든 사람이 존중받기를 원하지만 정작 자신은 상대방을 존중하지 못하는 모습을 꼬집는 말이에요.

만약 학교에서 선생님이 아무런 이유 없이 계속 화만 내고 자신의 기분에 따라 학생들을 때리고 무시한다면, 학생들이 그 선생님을 존경할 수 있을까요? 절대 아니랍니다. 그 선생님이 아무리 머리가 좋고 공부를 잘 가르친다고 해도, 학생들에게 함부로 대하는 선생님은 존경을 받을 수 없어요.

친구 관계도 마찬가지랍니다. 내가 조금 더 힘이 세다고 친구들을 때리고, 무시하고, 괴롭힌다면 존중받지 못할 뿐만 아니라, 언젠가는 나도 그런 대접을 받게 돼요. '자업자득(自業自得)'이란 말을 들어 본 적이 있나요? 자신이 저지른 잘못은 자신에게 그대로 돌아온다는 의미의 사자성어예요. 다른 친구들에게 함부로 대하면서 친구들이 나를 존중해 주기 바라는 것은 말도 안 돼요.

우리 모두는 세상에 단 하나밖에 없는 소중한 존재입니다. 나뿐만 아니라 내 옆에 있는 친구도 함부로 대할 수 없는 소중한 존재라는 것을 잊지 마세요.

여러분은 앞으로 정말 많은 사람들과 인연을 맺게 될 거예요. 그냥 스쳐 지나가는 인연도 있을 것이고, 깊게 마음을 나누는 인연도 있을 거예요. 지금 내 옆에 있는 친구들은 먼 훗날 소중하게 기억될 학창 시절의 추억을 안겨 주는 보물과도 같아요.

혹시 바보처럼 보여서 내 마음대로 굴어도 될 것 같은 친구가 있나요? 그 친구를 먼저 존중해 주세요. 상대방을 존중하는 것이 곧 나를 존중하는 가장 쉬운 방법이니까요. 존중은 내가 먼저 베풀었을 때 나에게 돌아오는 법이랍니다.

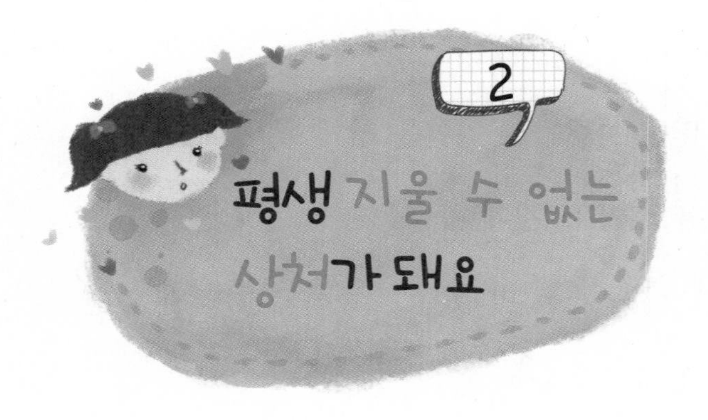

2 평생 지울 수 없는 상처가 돼요

“어? 저기 봉구 아저씨다! 장원아, 저기 봉구 아저씨 있다!”

“어디? 어, 정말 봉구 아저씨네? 저 아저씨 또 한문 쓴다! 근데 너 저 아저씨 냄새 맡아 본 적 있어?”

“응! 엄청 이상한 냄새 나잖아.”

학교를 마친 후 집에 가려고 버스를 기다리던 장원이와 규진이는 전봇대에 달라붙어 무언가를 열심히 적고 있는 거지 행색의 아저씨를 보며 키득거렸어요.

그때 옆에 있던 한 할머니가 아이들에게 물었어요.

"얘들아, 너희 저 아저씨에 대해 아니?"

"아뇨, 잘 몰라요. 저 아저씨 바보잖아요. 매일 여기저기 돌아다니면서 아무 데나 한자만 써요."

장원이가 웃으며 말했어요. 그러자 규진이도 덧붙여 말했어요.

"저 아저씨 원래는 천재였대요. 한자도 엄청 많이 알고 있나 봐요. 그런데 매일 씻지도 않고 저러면서 돌아다녀요."

할머니는 아이들을 바라보며 말했어요.

"얘들아, 저 아저씨가 왜 저렇게 됐는지 알려 줄까?"

장원이와 규진이는 눈을 동그랗게 뜨고 할머니를 바라봤어요. 할머니는 진지한 표정으로 이야기를 들려 주었어요.

"사실 저 아저씨는 너희 말대로 초등학생 때부터 한자를 정말 많이 알았어. 초등학생이 알기 힘든 사자성어는 물론이고, 선생님들보다도 더 많은 한자를 알고 있었지. 아주 똑똑하고 밝은 아이였단다."

"진짜요?"

장원이와 규진이는 할머니의 이야기에 집중하기 시작했어요.

ㅋㅋ
있습니다

"그런데 그 아저씨를 시기하는 한 친구가 있었어. 같이 한자 공부를 하는 친구였는데, 모든 선생님이 한자를 많이 아는 봉식이에게만 관심을 보이는 것이 샘났던 거야."

"봉식이? 그게 누구예요?"

장원이가 물었어요.

"너희가 봉구라고 놀리는 아저씨의 본래 이름이 봉식이야."

"아, 그렇구나……."

"그러던 어느 날, 학교에서 한자경시대회가 열렸는데, 그 친구가 아무리 열심히 공부해도 봉식이를 이길 수 없었던 거야. 그날 홧김에 친구들 여럿을 불러 모아서 봉식이를 마구 때렸다더구나. 그 후로 봉식이는 학교에 나가지 않았대. 한참 동안 안 보이더니 언제부터인가 저렇게 돌아다니면서 아무 데나 한자를 쓰기 시작했지. 그때부터 봉식이가 말하는 걸 본 사람이 없단다. 항상 사람들을 피해 다니거든. 참 불쌍한 사람이야."

"친구들한테 맞아서 저렇게 된 거라고요?"

규진이가 믿을 수 없다는 표정으로 물었어요.

“그래, 요즘에는 학교 폭력이 더 심해졌다고 하던데 친구를 때리는 건 아주 위험한 일이야. 한 사람의 소중한 인생이 저렇게 망가질 수도 있단다. 절대 친구를 때려서는 안 돼. 너희는 친구들을 괴롭히고 그러지 않지?”

“저희는 절대 안 그래요.”

장원이와 규진이는 손사래를 치며 아니라고 대답했어요.

학교에서 친구들과 지내다 보면 서로 생각이 달라 싸우기도 하고 사소한 일로도 부딪치는 일이 종종 생겨요. 주로 말싸움을 하지만, 심하면 친구를 때리는 폭력적인 싸움으로 번질 때도 있지요. 이런 싸움은 우리에게 두 가지 상처를 남겨요. 하나는 몸에 남는 상처이고, 또 하나는 마음에 남는 상처랍니다.

둘 다 폭력이 남긴 상처이지만 아주 큰 차이점이 있어요. 바로 눈에 보인다는 것과 보이지 않는다는 것이죠. 그래서 싸운 뒤 눈에 보이는 상처에 대해서만 미안해하고 사과하는 경우가 많아요. 그리고 눈에 보이지 않는 마음의 상처는 생각하지 못하고 지나칠 때가 많이 있어요. 하지만 눈에 보이는 상처보다 눈에 보이지 않는 상처가 더욱 깊은 상처로 남고, 쉽게 치료되지 않는답니다.

한 번 생각해 볼까요? 몸에 난 상처는 병원에서 치료하면 돼요. 흉터는 남겠지만 시간이 지나면 상처가 아물어서 더 이상 아프지 않아요. 하지만 마음에 생긴 상처는 시간이 지나도 계속 떠올라 학교 생활을

힘들게 하거나 친구들과 사귀는 걸 어렵게 만들어요. 어른이 돼서도 그 상처는 직장 생활을 하는 데 큰 어려움을 줄 수 있어요.

왜 그럴까요? 사람은 태어나는 순간부터 어른이 될 때까지 몸은 물론이고 생각과 마음이 성장합니다.

처음에 사람은 아주 작은 세포에 불과해요. 하지만 시간이 지나면서 엄마의 배 속에서 영양분을 받아 조금씩 성장해요. 머리가 생기고, 얼굴이 생기고, 손과 발이 생긴답니다. 그리고 10개월 동안 엄마, 아빠의 사랑을 받으면서 자라고, 사람의 몸으로 완벽하게 만들어지면 세상에 나오게 되지요. 하지만 이게 끝이 아니에요. 세상에 나와서도 우리는 어른이 되는 과정을 거쳐야 해요.

초등학교 때는 키도 자라나지만, 자아의식과 자아존중감이 발달되는 시기예요. 다시 말해 내가 누구인지 점점 깨닫고, 나를 존중하는 마음이 발달되는 시기랍니다. 이것은 시간이 지난다고 해서 저절로 깨닫게 되는 것이 아니라 친구들과의 건강한 관계를 통해, 함께 협력하는 학교 생활을 통해 내면에 점점 쌓이게 되는 것이죠.

그런데 이 시기에 폭력에 시달린다면 우리의 마음은 잘 발달할 수 없게 돼요. 이때 생긴 마음의 상처는 쉽게 지워지지 않아요.

게다가 폭력은 한 사람의 인생을 통째로 망가뜨릴 수 있는 힘이 있어요. 아직 내면의 힘이 튼튼하게 자라나지 못했기 때문이에요. 이 상처 때문에 평생 사람에 대한 두려움을 갖고 사람을 피해 다니거나 더욱 폭력적으로 변할 수 있답니다.

장원이와 규진이의 웃음거리가 된 봉구 아저씨도 친구들의 폭력만 아니었다면 멋진 어른이 되었을 거예요. 친구들의 폭력은 봉구 아저씨의 마음이 자라나지 못하도록 만들어 버렸어요. 그때의 충격 때문에 여전히 길거리를 돌아다니며 한자만 적고 다니니까요. 이제 눈으로 보이는 상처보다 마음에 남은 상처가 얼마나 더 아프고 오래가는지 알았나요?

혹시 나는 친구를 때린 적이 없다고 안심하는 친구가 있나요? 그렇다면 다시 한번 내 모습을 돌아보세요. 직접 때리지는 않았더라도 다른 것을 이용해 다치게 하고, 협박하고, 욕하고, 따돌리고, 좋지 않은 헛소문을 내는 이 모든 행동이 친구의 마음에 상처를 남기는 폭력이에요.

'무심코 던진 돌에 개구리 맞아 죽는다.'라는 속담이 있어요. 내가 별 생각 없이 한 행동이 친구의 인생에 큰 상처가 될 수 있다는 것을 꼭 명심하길 바랍니다.

우리 함께 재미있는 퀴즈를 하나 풀어 볼까요? 선생님이 생각하고 있는 것을 세 개의 힌트만 듣고 무엇인지 맞혀 보는 거예요. 어때요? 준비됐나요? 그럼 시작할게요.

첫 번째 힌트, 이것은 '생명'이 있는 것입니다.

생명이라는 힌트로 친구들은 어떤 것을 생각했나요? 강아지 같은 동물을 생각했을 수도 있고, 꽃이나 풀 같은 식물을 생각했을 수도 있겠죠? 집에 어항이 있다면 물고기를 생각했을 수도 있고, 거미나 사마귀 같은 곤충을 생각했을 수도 있겠네요. 이렇게 서로 다른 답을 생각하는 건 당연한 일이에요.

두 번째 힌트, 이것은 '꽃'입니다.

꽃이라는 힌트로 친구들은 처음 생각했던 것 중에 몇 가지는 아니라는 것을 알게 됐을 거예요. 친구들은 꽃 하면 어떤 꽃이 가장 먼저 떠오르나요? 빨갛고 화려한 장미? 노랗고 단아한 튤립? 아니면 하얗고 소박해 보이는 안개꽃? 아마도 평소에 각자 좋아하는 꽃이 가장 먼저 떠오르지 않았을까요?

마지막 세 번째 힌트, 이것은 '노란색'입니다.

노란색이라는 마지막 힌트로 어떤 꽃을 생각했을까요? 노란 색깔의 꽃은 어떤 것이 있는지 같이 생각해 볼까요? 많은 친구들이 개나리를 가장 먼저 떠올렸을 것 같아요. 우리 주변에서 가장 흔히 볼 수 있는 꽃이니까요. 아니면 노란 튤립을 생각했을 수도 있고, 노란 장미를 생각했을 수도 있겠네요.

이제 선생님이 생각한 것을 알려 주도록 할게요. 바로 '프리지아'였어요. 어때요? 친구들 중에도 혹시 프리지아라는 꽃을 생각한 친구가 있나요?

여기서 한 번 생각해 보아요. 노란색 꽃이라는 힌트를 듣고 모든 친구가 프리지아를 생각하지 않았을 거예요. 어떤 친구는 개나리를, 어떤 친구는 노란 국화를 생각했을 수도 있어요. 이 문제를 똑같이 엄마나 아빠에게도 내 보세요.

엄마와 아빠는 뭐라고 답했나요? 여러분이 생각한 것과 똑같나요? 다를 수도 있고 같을 수도 있어요. 하지만 엄마, 아빠, 나 세 사람의 답이 모두 일치하지는 않았을 거예요.

이처럼 우리는 모두 같은 생각을 하며 살지 않아요. 누군가는 파란색을 좋아하고 누군가는 빨간색을 좋아하는 것처럼, 저마다 다른 것을 좋아하고 다른 생각을 하며 살아갑니다. 그렇기 때문에 나와 행동이 다르고, 모습이 다르고, 다른 생각을 하는 것은 틀린 것이 아니라는 것을 우리는 인정하고 받아들일 줄 알아야 해요.

얼마 전, 수진이네 반에 호앙이라는 베트남 친구가 전학을 왔어요. 호앙은 친구들에 비해 키도 작고 피부색도 까무잡잡했어요. 게다가 한국말도 잘 못했기 때문에 친구들과 어울리지도 못했어요.

친구들은 낯선 나라에서 적응하지 못하는 호앙을 챙겨 주기보다는 오히려 생김새가 다르다는 이유로 놀리고 괴롭혔어요. 호앙은 어려운 한국말을 열심히 배우며 친해지려고 노력했지만, 친구들은 호앙을 피하거나 부정확한 발음을 따라 하며 놀려 댔어요.

그러던 어느 날이었어요.

"이번 음악 실기 평가는 네 명씩 조를 짜서 합창하는 거예요. 1조는 박수진, 이다운, 조대영, 남호앙이고, 2조는……."

그러자 한쪽에서 웅성거리는 소리가 들렸어요.

"아, 뭐야! 남호앙이랑 같은 조 됐어. 완전 싫어!"

대영이가 얼굴을 잔뜩 찌푸리며 투덜거렸어요.

"우리 조 이제 망했다. 쟤 때문에 우리는 뭘 하든 망했어. 쟤는 뭐

호앙?

하나 우리랑 같은 게 없잖아. 좋아하는 것도, 생각하는 것도 우리랑 다 달라."

수진이도 대영이의 말을 거들었어요. 이 말을 모두 들은 호앙은 고개를 푹 숙이고 말았어요.

친구들은 모습도, 생각하는 것도, 좋아하는 것도 다른 호앙의 '다름'을 있는 그대로 받아들이지 않고, 마치 호앙이 틀린 모습을 하고 틀린 생각을 하는 '틀린 사람'으로 취급했어요.

수업을 마친 후 1조 친구들은 호앙에게 다가가서 말했어요.

"야, 우리 노래 연습 너희 집에 가서 하려고 하는데 괜찮아?"

"응? 정말? 당연하지! 좋아!"

호앙은 친구들과 함께 집에서 합창 연습할 생각에 신이 나서 대답했어요. 그렇게 네 친구는 호앙이네 집으로 합창 연습을 하러 갔어요.

그런데 친구들은 호앙과 함께 합창 연습을 하지 않았어요. 호앙의 방에 들어가 호앙의 물건을 함부로 다뤄 망가뜨리고, 호앙이 필리핀에서 가지고 온 책을 찢어 딱지를 접었어요.

우리는 서로의 다른 점을 받아들이기가 왜 이렇게 어려운 걸까요? 서로의 다른 점을 수용하기 어려워하는 건 여러분뿐만 아니라 어른들도 마찬가지랍니다. 이로 인해 크고 작은 싸움이 발생하고, 서로에게 큰 상처를 입히는 경우도 많지요.

혹시 〈여우와 두루미〉 이야기를 알고 있나요? 여우가 자신과는 달리 부리가 긴 두루미에게 넓은 접시에 음식을 주면서 서로의 갈등이 시작되는 이야기랍니다. 여우도 두루미가 긴 병에 음식을 내어 주는 바람에 똑같은 상황에 처하게 되지요.

여우와 두루미는 왜 자신에게만 맞는 접시와 병에 음식을 내어 줬을까요? 자신과 다른 상대방의 모습을 배려해 주지 않았기 때문이에요. 하지만 여우의 생김새도 두루미의 생김새도 틀린 것은 아니에요. 그저 서로 다를 뿐이지요. 그 차이점을 인정하지 않는다면 서로에게 매번 상처만 안겨 주게 될 거예요.

지금 내 모습은 어떤가요? 한번 진지하게 뒤돌아보세요. 나와 다른 친구들을 인정해 주고 있나요? 아니면 나와 다르다는 이유로 무시하며 괴롭히고 있나요? 아직도 내 생각만 옳고 상대방의 다른 생각은 틀리다고 고집부리고 있지는 않나요?

이제는 나와는 당연히 다를 수밖에 없는 상대방의 다름도 인정해 줄 수 있는 마음 넓은 친구가 되었으면 좋겠어요.

사람의 행동에는 원인과 결과가 있음은 물론 반드시 책임도 뒤따르게 됩니다. 미국의 성공학 전문가이자 작가인 앤서니 로빈스는 "무슨 일이 일어나더라도 책임은 모두 자신에게 있다는 사실을 명심한다."라는 말을 하기도 했어요. 내가 벗어 놓은 옷, 내가 먹은 그릇은 부모님이 치워 줄지 몰라도 내가 저지른 행동만큼은 어느 누구도 대신 책임질 수 없어요.

여러분은 자신의 행동에 얼마만큼 책임감을 가지고 있나요? 어떤 친구들은 책임감을 잊은 채 행동하기도 해요. 폭력도 책임감을 잊어버렸을 때 나타나는 것이랍니다.

많은 친구들이 이런 책임감보다는 충동적으로 자신의 기분에 따라 말하고 행동해요. 내가 누군가를 때렸을 때 어떤 일들이 일어날지 생각해 보았다면 절대 그러지 않을 거예요.

다음 이야기를 읽고, 내가 무심코 저질렀던 했던 행동들이 어떤 결과를 낳았는지 생각해 보세요.

옛날 어느 마을에 박 씨 성을 가진 부자가 있었어요. 어느 날, 박 씨는 집에서 부리는 종들을 불러 이렇게 말했어요.

"오늘 너희에게 긴히 부탁할 게 있어 불렀다. 내가 오랫동안 집을 비워야 하는데, 그동안 내가 가지고 있는 재산을 너희에게 맡겨 두려고 한다."

종들은 서로를 바라보며 이게 무슨 일인지 의아해했어요.

"우선 개똥이에게는 소 네 마리를, 돌쇠에게는 돼지 여섯 마리를, 그리고 만복이에게는 닭 여덟 마리를 맡길 테니 내가 돌아올 때까지 잘 돌보도록 하여라."

"네, 어르신! 잘 돌보고 있겠습니다."

모두가 한목소리로 힘차게 답했어요.

박 씨는 그렇게 집을 떠났습니다. 그런데 박 씨가 집을 나서자마자 만복이는 불만 가득 찬 목소리로 투덜거렸어요.

"아, 뭐야, 이게! 진짜 마음에 안 드는구먼. 저 조그맣고 돈도 안 되는 닭을 데리고 나한테 뭘 어쩌라는 거야? 나한테도 소나 돼지를 주지, 닭이 뭐람!"

어느덧 3년이라는 시간이 흘렀어요. 박 씨는 집에 돌아오자마자 개똥이와, 돌쇠, 만복이를 한자리에 불렀어요.

"그래, 개똥아! 내가 없는 3년 동안 내가 맡긴 가축들을 잘 돌보고 있었느냐?"

"네, 주인어른. 맡기신 네 마리의 소를 열심히 키웠습니다. 3년 동안 새끼를 네 마리나 낳아서 지금은 여덟 마리가 되었습니다."

개똥이의 말을 들은 박 씨는 기뻐하며 칭찬해 주었습니다.

“참 잘했다. 내가 시키지 않았어도 네 할 일에 최선을 다했구나. 그렇다면 돌쇠는 잘 돌보았느냐?”

“저는 주인어른께서 맡기신 돼지 여섯 마리를 잘 먹이고 잘 길렀습니다. 그랬더니 새끼를 여섯 마리나 낳았고 지금은 열두 마리가 되었습니다.”

박 씨는 돌쇠에게도 칭찬을 아끼지 않았습니다. 그런데 만복이는 혼자 안절부절못하고 있는 것이었습니다. 박 씨는 마지막으로 만복이에게 물었습니다.

“만복이 너도 닭을 잘 돌봤느냐?”

“네? 저, 그게……. 닭을 길러 봤자 무얼 하겠습니까? 달걀을 오래 보관할 수도 없는 노릇이고……. 저는 그냥 그날 가서 은 열 냥에 전부 팔아 버렸습니다. 그렇게 번 은 열 냥은 제가 손도 대지 않고 여기 가지고 왔습니다.”

이 말을 들은 박 씨는 크게 화가 났습니다. 그래서 개똥이에게는 소 네 마리를, 돌쇠에게는 돼지 여섯 마리를 나누어 주는 대신, 만복이에게는 이렇게 말했습니다.

"만복이 너는 더 이상 내 집에서 나를 위해 일하게 둘 수 없구나! 당장 이 은 열 냥을 가지고 이 집을 나가도록 하여라!"

꿀꿀
음머―

'모든 결과에는 다 그만한 이유가 있다.'는 말을 들어 본 적 있나요? 어떠한 일이든 원인 없는 결과가 없기 때문이지요. 그렇다면 만복이가 쫓겨난 원인은 무엇일까요? 주인이 부탁한 가축을 돌보지 않고 제멋대로 팔아 버렸기 때문이에요. 만복이처럼 내가 어떤 행동을 한 후에는 결과가 따르게 됩니다.

2011년 7월에는 한 여중생이 스스로 목숨을 끊는 사건이 있었어요. 왜 이렇게 안타까운 일이 벌어졌을까요? 이 학생이 극단적인 선택을 하도록 몰고 간 일은 대체 무엇이었을까요? 바로 학교 폭력이었어요. 학교 친구들의 괴롭힘을 더 이상 견디기 힘들었던 이 학생은 그만 자신의 목숨을 포기하고 말았어요. 폭력은 폭력 자체로 끝나지 않아요. 아주 큰 결과를 가져올 수도 있다는 것을 알아야 합니다.

그렇다면 이 사건에서 친구를 괴롭힌 학생에게는 어떤 책임이 주어질까요? 친구의 죽음과 괴롭힌 친구의 행동은 아무런 상관이 없을까요? 아니에요. 만약 친구들이 괴롭히지 않았다면 이 친구 또한 자살하지 않았을 테니 분명 잘못된 행동에 대한 책임을 져야 합니다.

국가에서는 초등학생이라도 만으로 열 살이 넘은 경우 '학교 폭력

예방 및 대책에 관한 법률'에 따라 잘못한 일이 있다면 벌을 받아야 한다고 정했어요. 즉, 자신의 행동에 대한 책임을 지는 것이죠.

그렇다면 친구들을 심하게 때리거나 따돌리거나 협박하는 등의 폭력을 저질렀을 경우, 우리는 어떤 책임을 지게 될까요? 학교나 사회에서 봉사 활동을 하게 될 수도 있고, 반을 옮겨야 하거나 다른 학교로 전학을 가게 될 거예요. 또는 열흘 안팎으로 학교에 가지 못하는 출석 정지를 당할 수도 있습니다. 폭력으로 인한 책임은 학교에서 받는 벌에서 끝나지 않을 수도 있어요. 폭력을 당한 친구가 경찰에 신고한다면 경찰서에 가서 형사 처분도 받게 될 거예요.

폭력은 어떠한 경우에도 정당화될 수 없는 잘못이에요. 아무리 화가 나고 어떤 친구가 밉다고 해도, 우리는 화를 다스릴 줄 아는 인내와 친구를 용납할 줄 아는 이해의 마음을 키워야 해요.

이제는 나의 행동에 항상 내가 감당해야 할 책임이 뒤따른다는 것을 잊지 말도록 해요. 하지만 무서운 책임 때문에 폭력이 줄어드는 것보다 친구를 이해하고 사랑하는 마음이 커져서 폭력이 줄어드는 것이 더욱 좋겠죠?

5 말로 상처 주는 것도 폭력이에요

4교시가 끝나는 종소리가 울리자 예선이네 반 친구들은 모두 급식소를 향해 뛰기 시작했어요. 그런데 다른 친구들과는 달리 의자에 가만히 앉아 있는 한 아이가 있었어요. 그 아이는 교통사고로 부모님을 잃고 할머니, 할아버지와 생활하는 예선이었어요.

예선이는 친구들이 모두 급식실로 뛰어가자 혼자 화장실로 가서 손을 씻기 시작했어요. 5분, 10분, 15분, 20분……. 예선이는 시간이 가는 줄도 모르고 계속해서 손을 씻었어요.

'아직 지저분해. 더 깨끗이 씻을 거야. 아주 깨끗하게!'

예선이는 점심시간이라는 사실을 생각하지 못하는 것 같았어요. 쉬는 시간마다 씻어 대서 예선이의 손은 퉁퉁 부어올라 있었고, 따뜻한 물에 씻었는데도 추운 겨울 날씨 때문인지 심하게 터 있는 상태였어요.

예선이는 점심시간의 끝을 알리는 종소리를 듣고서야 겨우 손 씻기를 멈추고 교실로 향했어요. 예선이가 점심도 거른 채 손을 씻은 이유는 무엇일까요? 도대체 무엇이 예선이를 이렇게 만들었을까요?

며칠 전, 예선이는 같은 반 친구인 주희, 다혜, 민진이와 함께 떡볶이를 먹으러 갔어요.

"저희 떡볶이 3인분 주세요."

떡볶이를 3인분만 시키고 나서 주희가 예선이에게 말했어요.

"오늘 떡볶이는 네가 쏘는 거지?"

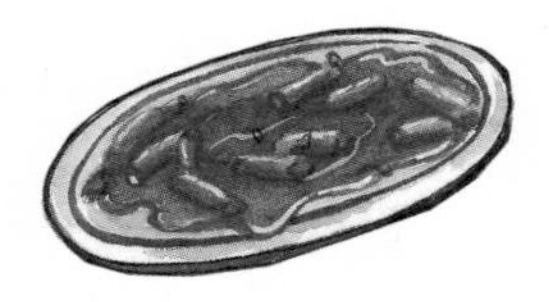

"어? 내가? 나 오늘 돈 없는데……."

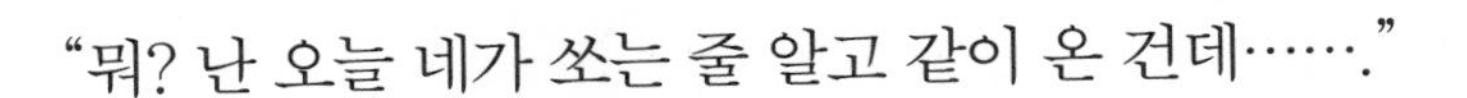

"뭐? 난 오늘 네가 쏘는 줄 알고 같이 온 건데……."

민진이가 어이없다는 표정으로 말했어요. 예선이는 어찌해야 할지 몰랐어요. 그러자 당황해하는 예선이를 보며 다혜가 이렇게 말했습니다.

"야, 우리 그냥 얘 빼고 먹자. 얘 손 더러워서 같이 떡볶이 먹었다간 병 걸려서 병원에 가야 할지도 몰라."

다혜는 예선이에게 미안한 마음도 없이 당당하게 말했어요. 그러면 예선이를 빼고 떡볶이를 먹을 수 있을 거라고 생각했기 때문이에요.

예선이는 얼른 자신의 손을 테이블 밑으로 내려 살펴봤어요. 스스로 생각해도 손이 깨끗한 것 같지는 않았어요. 예선이는 너무 창피하고 속상해서 아무 대꾸도 할 수 없었어요. 그때 민진이가 미안한 기색도 없이 이렇게 말했어요.

"얘, 너 그냥 집에 가라. 네 손이 너무 더러워서 같이 떡볶이 못 먹을 거 같아."

예선이는 나오려는 눈물을 참고 아무 말도 없이 자리에서 일어나 집으로 돌아왔어요. 그렇게 집에 와서 옷도 갈아입지 않은 채 한 시간이 넘도록 손만 씻었어요.

가!

다음 날, 예선이가 교실에 들어서자 친구들이 다가와 물었어요.

"야! 너 손이 그렇게 더럽다며? 어디 한번 보자."

"응? 아니야. 나 손 씻었어."

예선이의 자신 없는 대답에 친구들은 더 짓궂게 캐물었어요.

"어제 네 손이 더러워서 떡볶이도 같이 못 먹었다며?"

"어? 아, 아닌데……. 그게……."

예선이는 친구들에게 더 이상 아무런 말도 할 수 없었어요.

말은 엄청난 힘을 지니고 있어요. 주먹으로 친구를 때리는 것보다 더 큰 상처를 남길 수도 있습니다. 하지만 눈에 보이지 않기 때문에 그 위험성에 대해 모르는 친구들이 많아요. 주희와 민진이, 다혜도 그 위험성을 잘 몰랐던 거예요. 이 친구들이 생각 없이 뱉은 말 한마디에 예선이는 정말 큰 상처를 받았어요.

사실 예선이의 손은 더럽지 않았어요. 하지만 예선이는 자신의 손이 더럽다고 생각했고, 계속해서 씻지 않으면 안 될 것만 같았어요.

여러분은 말과 관련한 속담 몇 개를 알고 있나요? 생각해 볼까요?

말과 관련된 속담은 정말 많답니다. 그만큼 말이 사람에게 큰 영향을 미치기 때문이에요.

혹시 '말 한마디로 사람이 죽고 산다.'라는 속담과 '말 한마디에 천금이 오르내린다.'라는 속담을 들어 본 적 있나요? 이 두 속담은 어떤 뜻을 담고 있을까요? 정말 말 한마디로 인해 사람이 죽고 살고, 천금이 오르락내리락한다는 뜻일까요? 아니에요. 이 두 속담에는 '말에는 엄청난 힘이 있으니 어떤 말을 하더라도 신중하게 해야 한다.'는 의미가 담겨 있어요. 그러니 친구를 놀리는 말, 친구를 해치는 말, 친구를 욕하는 말이 얼마나 무서운 폭력이 될 수 있는지 이해할 수 있겠지요?

독일의 언어학자 비트겐슈타인은 '사람의 인격은 말에 의해서 나타난다.'고 했어요. 인격은 무엇일까요? 바로 사람으로서의 됨됨이를 말하는 거예요. 말을 함부로 해서 친구들에게 말로 폭력을 행사하는 친구라면 그 친구의 됨됨이는 바르지 않다고 할 수 있어요. 다시 말해, 말은 그 사람이 어떤 사람인지 가늠할 수 있는 도구가 된다는 뜻이랍니다.

아무리 공부를 잘하고 잘생겼다고 해도 함부로 말하고 언어폭력으로 다른 사람을 괴롭히는 친구라면, 그 친구는 한 인간으로서 가장 기본적인 자격을 갖추고 있지 못한 거예요. 물리적인 힘을 이용해 친구를 다치고 피가 나게 하는 것만 폭력이 아니에요. 이렇게 나쁜 말로 친구의 마음에 상처를 입히는 것도 아주 무서운 폭력이 될 수 있다는 것을 꼭 기억했으면 해요.

정말 멋진 사람이 되고 싶나요? 그렇다면 폭력이 되는 나쁜 말 말고, 사람의 바른 됨됨이를 보여 주는 아름답고 고운 말을 많이 하려고 노력해 보세요!

"자, 다들 조용히 하고 자리에 앉아 보세요. 오늘은 새로 전학 온 친구를 소개할 거예요. 이름은 이세은이에요. 앞으로 사이좋게 지내도록 해요. 세은이는 자기소개하고 저쪽에 다솜이 옆으로 가서 앉도록 해요."

세은이는 인사를 하려고 교탁 앞에 섰어요. 예쁘장한 얼굴에 깔끔한 옷차림을 한 세은이의 모습에 반 아이 모두가 집중하며 어떤 이야기를 하나 기다리고 있었어요.

"얘들아 안녕? 난 이세은이라고 해. 나는 책 읽는 거 좋아하고, 음악 듣는 거 좋아해. 그리고 난 미국에서 살다 와서 영어를 잘하니까 궁금한 거 있으면 언제든지 물어봐도 좋아! 앞으로 친하게 잘 지내자!"

세은이의 당당한 모습에 아이들은 모두 놀라고 당황했어요. 그런데 친구들이 세은이에게 집중한 건 자기소개 시간이 전부였어요. 친구들 사이에서 세은이는 잘난 척하는 재수 없는 아이로 낙인찍혔기 때문이에요.

"야, 쟤 뭐야? 지가 얼마나 잘났다고?"

반에서 공부를 제일 잘하는 예인이가 투덜거렸어요.

"그러니까 말이야. 미국에서 살다 왔음 살다 온 거지, 웬 잘난 척?"

예인이와 가장 친한 친구 서희도 그 말을 거들었어요.

"얘들아, 됐어. 그냥 같이 안 놀면 되잖아. 혼자서 실컷 잘난 척이나 해 보라지."

그렇게 세은이는 전학 온 첫날부터 반에서 은근히 따돌림을 당하게 되었어요. 유일하게 세은이의 친구가 되어 준 건 짝꿍 다솜이었어요. 다솜이도 가끔은 세은이의 잘난 척이 얄미울 때도 있었지만 다른 친구들처럼 세은이를 미워할 수 없었어요. 자신의 이야기를 들어 줄 친구가 없다는 것이 얼마나 슬픈 일인지 알고 있었기 때문이에요. 그리고 알고 보면 세은이도 자기 물건을 나누어 쓸 줄도 알고, 친구를 생각할 줄도 아는 좋은 친구였어요.

그러던 어느 날, 예인이와 서희가 다솜이를 찾아와 따졌어요.

"야, 한다솜! 너 진짜 이럴 거야? 네가 계속 상대해 주니까 이세은이 자꾸 잘난 척하는 거 아냐? 너 계속 왕따인 이세은이랑 친구 할래, 아니면 우리랑 친구 할래? 선택해."

다솜이는 고민하지 않을 수 없었어요. 지금까지 친하게 지내던 친구들을 잃을 수 없었어요. 그렇다고 세은이랑도 멀어지고 싶지 않았어요. 자신마저 등을 돌리면 세은이가 너무 외로울 것 같았기 때문이에요. 하지만 한편으로는 세은이랑 논다고 자신도 친구들에게 따돌림을 당할까 봐 겁이 나기도 했어요. 만약 여러분이 다솜이라면 어떤 선택을 했을까요?

다솜이는 굳게 결심하고 큰 용기를 내서 친구들에게 말했어요.

"얘들아, 난 너희가 정말 좋아. 너희를 잃고 싶지 않아. 그런데 세은이도 혼자 내버려 둘 수 없어. 있잖아……. 사실은 나도 따돌림을 당한 적이 있는데……. 정말 힘들었어. 그리고 세은이도 알고 보면 정말 착해. 솔직하기 때문에 자신의 감정을 숨기지 못하는 부분이 있기는 하지만, 그래도 뒤에서 친구들을 흉보거나 그러지 않아. 그리고 너희와도 정말 친해지고 싶대. 우리 세은이도 같이 놀면 안 될까?"

예인이와 서희는 얼굴이 새빨갛게 되어서 아무 말도 하지 못했어요. 다솜이의 멋진 용기가 예인이와 서희의 마음을 움직이게 할 수 있었을까요?

이 세상에 혼자 살 수 있는 사람은 아무도 없어요. 아무리 잘난 사람이라고 해도 혼자 남겨진다면 행복하게 살 수 없을 거예요. 우리는 많은 사람들과 함께 사랑하고, 서로 믿어 주며, 신뢰하고, 의지하며, 도와주면서 살아가야 행복한 삶을 살 수 있어요.

친구들 혹시 '혼자' 산다는 생각을 해 본 적이 있나요? 이 세상에 나와 이야기할 사람이 아무도 없고, 밥도 혼자 먹어야 하고, 집에서도 항상 혼자 있어야 하고, 학교에서도 혼자 있어야 한다면 어떨까요? 아마도 정말 외로워서 삶의 의미를 찾기 어렵겠지요.

남극에 사는 황제펭귄 이야기를 들어 본 적이 있나요? 황제펭귄은 남극의 겨울에 알을 낳고 새끼를 키우는 유일한 동물이라고 해요. 그런데 그 혹독한 추위 속에서 황제펭귄은 어떻게 알을 보호할 수 있는 것일까요?

엄마 황제펭귄이 알을 낳고 먹이를 구하러 바다로 나가면, 아빠 황제펭귄은 알을 품고 영하 50도까지 떨어지는 남극에서 4개월 동안 아무것도 하지 않고 서서 발등에 알을 올려놓고 지킵니다. 알을 땅에 떨어뜨리면 너무 추워서 알이 얼어 버리기 때문이에요. 이때 황제펭귄들은 혹독한 추위를 견디기 위해 허들링을 하기 시작합니다.

허들링이란 황제펭귄이 무리 지어 체온을 유지하는 생존 방법이에요. 우선, 서로의 몸을 최대한 밀착해요. 그리고 가장자리에서 눈 폭풍을 막아 내던 펭귄과 중앙에서 몸을 따뜻하게 녹인 펭귄이 계속 자리를 바꾸면서 서로 따뜻한 자리를 양보해 주는 것이죠.

중앙과 가장자리의 온도는 10도나 차이가 난다고 해요. 만약 가운데 있던 펭귄이 따뜻한 곳에 더 오래 머무르려고 했다면 허들링은 사라졌을 것이고, 결국 황제펭귄은 남극의 혹독한 추위 속에서 한 마리도 살아남지 못했을 거예요.

사람도 이와 마찬가지예요. 모든 사람은 살기 위해 따뜻한 사랑의 온기가 필요해요. 이 사랑의 온기로 세상 어떤 힘든 일도 잘 참고 견뎌 낼 수 있는 거랍니다.

우리는 다른 사람과 함께할 때 따뜻한 세상을 살아갈 수 있어요. 조금 부족한 친구가 있어도 내가 먼저 양보하면서 천천히 함께 가 보는 건 어떨까요?

곁에 늘 가족과 친구들이 있기 때문에 '혼자'가 되는 외로움이 어떤 건지 잘 모르는 친구들이 있어요. 하지만 우리, 이것만은 반드시 기억하도록 해요. 다른 사람들과 더불어 살아갈 때 우리의 삶이 더욱 아름다워진다는 것을요.

PART 2

친구를 때리고 싶은 마음, 이렇게 고쳐요

"수현이가 왜 정호를 때렸을까? 선생님한테 왜 그랬는지 이야기해 줄 수 있니?"

쉬는 시간, 선생님은 복도를 지나가다가 우연히 수현이가 정호의 뒤통수를 치는 것을 보았어요. 그래서 수현이를 따로 불러 자초지종을 물었어요.

"그냥요."

수현이는 잘못한 기색이 전혀 없다는 투로 대답했어요.

"수현아, 정말 아무 이유 없이 그냥 정호를 때렸다고?"

"네, 그냥 장난친 건데요? 그게 왜요?"

수현이는 정말 아무런 이유도 없이, 지나가던 정호의 머리를 장난으로 재미 삼아 때렸던 거예요. 선생님은 평소 수현이의 성실한 모습을 봐 왔기 때문에 이런 수현이의 행동이 믿기지 않았어요. 아무 이유도 없이 친구를 때렸다는 사실에도 놀랐지만, 그것보다 자신의 행동이 잘못됐다는 것을 전혀 모르고 있다는 사실에 더 놀랐어요.

"선생님, 원래 다른 애들도 정호한테 다 그렇게 장난쳐요."

"뭐라고? 모두가 정호에게 그렇게 장난을 친다고?"

수현이의 말에 선생님은 매우 당황했고 잠시 고민에 빠졌어요. 그리고 다시 수현이에게 물었어요.

"수현아, 반 친구들이 언제부터 정호를 괴롭혔니?"

"언제부터였더라……."

수현이가 곰곰이 생각하는 모습을 보고 선생님은 어제오늘의 일이 아니라는 것을 알 수 있었어요.

사실 정호는 또래 친구들에 비해 키도 작고 힘도 약한 아이였어요. 언어 발달도 느린 정호는 교실에서도 늘 조용하게 혼자 지내는 경우가 많았지요. 그렇기

때문에 친구들도 많지 않았답니다.

반 친구들은 이런 정호를 괴롭히기 시작했어요. 반 친구들 모두가 일부러 정호의 발을 걸어 넘어뜨리기도 하고, 얼굴에 지우개를 던지기도 하고, 세게 머리를 때리거나 어깨를 치고 지나갔어요.

그러던 어느 날, 개구쟁이 민철이가 정호에게 장난을 쳤어요.

"야, 정호야. 이것 좀 받아 줘."

민철이는 바로 앞에 있는 정호의 얼굴에 온 힘을 다해 칠판지우개를 던졌어요. 분필 가루가 묻어 있던 칠판지우개는 얼굴에 정확히 맞았고, 정호의 얼굴은 분필 가루 때문에 금세 새하얗게 지저분해지고 말았죠.

"하하하, 하하하……. 얘들아! 김정호 얼굴 좀 봐. 완전 웃겨!"

정호의 얼굴을 본 민철이는 마구 웃기 시작했어요. 여기저기에서 친구들도 키득거리며 웃었어요.

"아야! 아이, 야 이게 뭐어어어야아."

얼굴에 묻은 분필 가루를 털어 내던 정호도 깔깔거리며 웃는 민철이를 보더니 덩달아 웃기 시작했어요.

"하하하, 히히히."

친구들은 정호의 반응이 재미있었어요. 바보같이 당하고도 웃는 것이 우습기만 했죠. 계속해서 정호는 반 친구들에게 늘 괴롭힘을 당했어요. 친구들은 심심하면 정호를 때렸고, 정말 아무 이유도 없이 괴롭혔어요. 단지 재미로요.

하지만 이런 행동들이 잘못이라고 생각하는 친구는 단 한 명도 없었어요. 정호는 원래 그래도 되는 아이라고 생각했고, 무시하고 함부로 대해도 되는 아이라고 생각했지요. 늘 당해도 뭐라 하지 않으니 만만했던 것이죠.

그리고 친구들은 자신들의 이런 행동을 단순히 장난으로만 생각했어요. 하지만 친구들의 장난이 점점 심해지면서 정호의 마음에는 상처도 함께 자라고 있었습니다.

반 친구들은 선생님의 눈을 피해 몰래몰래 정호를 괴롭혔기 때문에 선생님은 이런 상황을 알 수 없었어요. 게다가 정호는 선생님에게 이르면 친구들이 자기와 놀아 주지 않을 거라는 생각에 이르지도 못했어요. 선생님은 수현이의 태도와 말에 당황했어요. 선생님이 수현이에게 다시 물었어요.

"수현아, 정호와 입장 바꿔 생각해 본 적 있니?"

선생님은 수현이를 바라보며 물으셨어요.

"네? 아뇨. 그런 생각을 왜 해야 하는데요?"

수현이는 선생님의 질문을 이해할 수 없었어요.

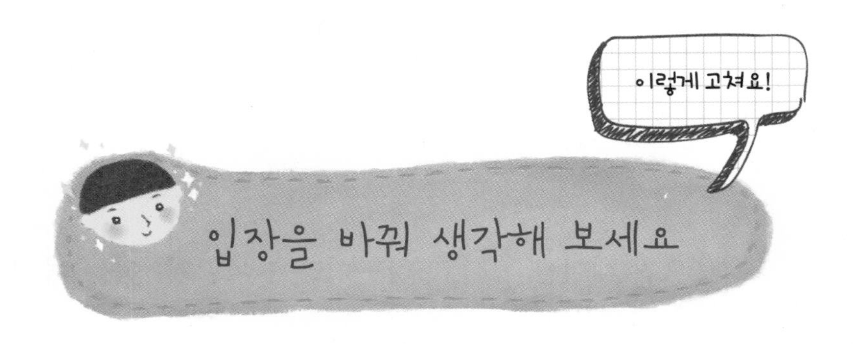

친구들과 마음이 통하지 않을 때 여러분은 어떤 말을 많이 하나요? 많은 친구들이 이 말을 가장 많이 할 것 같은데요. 바로 "입장 바꿔서 생각해 봐."입니다. 우리의 잘못된 행동을 바로잡기 위해서 혹은 서로의 다른 점을 이해하기 위해서, 입장을 바꿔 생각하는 것만큼 좋은 이해 방법은 없어요. 입장을 바꿔 생각하고 나면 나 또한 상대방의 마음을 이해할 수 있게 되니까요.

수현이의 말대로 왜 입장 바꿔 생각해 봐야 하는지 모를 수도 있어요. 그렇기 때문에 수현이는 정호의 마음을 이해할 수 없었어요. 만약 한 번이라도 진지하게 생각해 봤다면 그렇게 정호를 때리고 괴롭히지 못했을 거예요.

만약 친구들이 정호를 괴롭히는 것처럼 나를 괴롭히고 때린다면 나는 어떨까요? 과연 친구들의 이런 괴롭힘을 장난으로 받아들일 수 있을까요?

장난은 서로가 웃으며 재미를 느끼고, 장난이라고 여길 수 있을 때 진짜 장난이 돼요. 아무리 내가 장난이라고 해도 그 장난으로 인해 상대방이 다치게 된다면 그것은 더 이상 장난이 될 수 없어요.

이제부터는 친구들을 이유 없이 괴롭히거나 만만한 친구들에게 장난을 칠 때, 입장을 바꿔 생각해 보고 이 장난이 정말 장난인지, 아니면 누군가에게 상처로 남을 폭력인지 반드시 생각하고 행동하도록 해요.

사실 입장을 바꿔 생각하는 건 말처럼 쉬운 일은 아니에요. 그 입장이 되어 보기 전에는 상대방의 마음을 온전히 이해하기 어렵지요. 그럴 때 여러분이 입장을 바꿔 생각할 수 있도록 도와줄 수 있는 방법이 하나 있어요. 바로 역할 연극을 해 보는 것이죠.

역할 연극은 말 그대로 연극을 하는 거예요. 그런데 내가 상대방의 역할을 맡아서 직접 그 사람의 마음을 경험해 보는 것이죠. 민철이와 수현이는 정호의 역할을 맡고, 정호는 민철이나 수현이의 역할을 맡아서 연극을 해 보는 거예요. 똑같이 지우개도 맞아 보고, 놀림도 당해 보면서요. 그러면 정호의 마음을 이해하는 데 큰 도움이 된답니다.

《매력의 기술》이라는 책에서 저자는 '상대방과 입장을 바꿔 생각할 수 있는 사람은 만인의 지지를 얻는 데 성공할 것이며, 그렇지 못한 사람은 한 사람의 지지도 얻지 못할 것이다.'라고 말했어요.

많은 친구들에게 좋은 친구, 멋진 친구가 되고 싶나요? 그럼 상대방과 입장을 바꿔 생각하는 연습을 하도록 해요. 이 습관은 여러분이 이해심 많은 사람으로 자라날 수 있도록 도와줄 거예요.

아침 8시 15분. 학교 앞 길가에 등교하는 아이들이 한 명, 두 명 보이기 시작했어요.

"아, 왜 이렇게 안 오는 거야. 아, 진짜! 오기만 해 봐."

8시부터 나와 있던 지훈이는 교문 50미터 앞에서 누군가를 기다리고 있는 것 같았어요. 그때, 저기 멀리서 땅만 보고 걸어오고 있는 한 아이가 보였어요.

"어? 야, 신호연! 너 진짜 죽을래? 왜 이렇게 늦게 오는 거야!"

15분이나 기다린 것이 화가 난 지훈이는 호연이를 보자마자 주먹으로 왼쪽 팔을 때렸어요.

"윽! 미안해. 아침에 조금 늦게 일어났어."

"아무튼 핸드폰이나 내놔. 너 때문에 15분이나 버렸잖아!"

"오늘은 안 돼. 엄마가 이따가 연락한다고 그랬어."

"뭐? 너 장난쳐? 이게 진짜! 이따 연락 오면 주면 될 거 아냐!"

지훈이는 호연이의 핸드폰을 빼앗아 학교로 향했어요.

교실에 들어간 지훈이는 꼼짝도 하지 않은 채 수업이 시작하기 전까지 핸드폰으로 게임을 하느라 정신이 없었어요.

지훈이는 벌써 사흘째 호연이 핸드폰을 자신의 것처럼 사용했어요. 점심시간에도 핸드폰 게임에 정신이 팔려 밥을 거를 정도였지요.

"아! 왜 이렇게 안 되는 거야!"

게임이 마음대로 되지 않자 지훈이는 소리를 지르며 짜증을 부렸어요. 그러다가 우연히 고개를 들었는데 한쪽에 친구들이 모여 있는 것이 보였어요. 지훈이는 무슨 일이 일어났는지 궁금했어요.

"야! 너희 뭐해?"

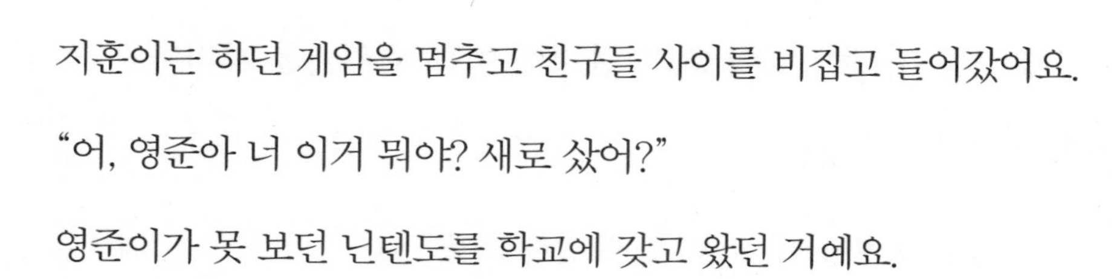

지훈이는 하던 게임을 멈추고 친구들 사이를 비집고 들어갔어요.

"어, 영준아 너 이거 뭐야? 새로 샀어?"

영준이가 못 보던 닌텐도를 학교에 갖고 왔던 거예요.

지훈이는 이번에는 영준이의 닌텐도로 게임을 하고 싶어졌어요.

"나도 그거 한 번 해 보자."

"나도 아직 이거 못해 본 거라. 나중에 빌려 줄게."

순간적으로 지훈이는 영준이가 앉아 있는 의자를 발로 찼어요. 그리고 주먹으로 영

우리들 세상
콘카칩

준이의 등을 때리더니 영준이가 놀라 자신을 쳐다보는 사이 닌텐도를 빼앗아 갔어요.

"한 번만 시켜 달라니깐, 치사하게!"

"야! 내놔! 내 거잖아!"

영준이가 소리쳤지만 이미 소용없었어요.

"뭐라고? 너 진짜 죽을래? 나도 알거든! 누가 내 거라 그랬냐? 그냥 한 번만 해 보겠다고. 진짜 치사하게 그러네."

지훈이는 닌텐도를 들고 자기 자리로 돌아와 이제는 영준이의 닌텐도로 게임을 하기 시작했어요.

수업이 끝난 후, 영준이가 지훈이에게 왔어요.

"야, 내 닌텐도 줘."

"나 아직 다 못했어. 내일 줄게."

지훈이는 너무나 당연한 것처럼 닌텐도를 자기 가방에 넣었어요.

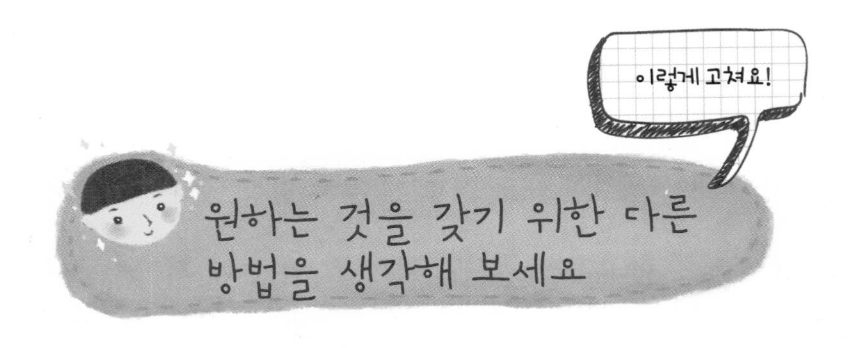

원하는 것을 갖기 위한 다른 방법을 생각해 보세요

세상에는 우리가 갖고 싶은 것이 너무 많아요. 스마트폰과 닌텐도는 물론이고 좋은 옷, 좋은 신발, 좋은 장난감 등 갖고 싶은 것이 너무너무 많지요. 심지어 친구들이 갖고 있는 것이라면 그게 무엇이든간에 나도 다 갖고 싶기도 해요. 감사하게도 부모님은 자식이 원하는 것은 무엇이든지 해 주시고자 해요. 하지만 가끔은 부모님도 내가 원하는 것을 전부 해 주시지 않을 때가 있어요.

세상에 살면서 내가 원하는 모든 것을 가질 수는 없어요. 주변을 한번 돌아볼까요? 모든 사람이 다 똑같은 것을 갖고 있나요? 모두 제각각이지요? 필요한 것이 다르기 때문이에요. 운전을 못하는 사람이 자동차를 살 수는 없으니까요. 하지만 이 사실을 모두 알고 있다고 해서 갖고 싶은 마음이 생기지 않는 건 아니에요.

친구들은 혹시 내가 생각한 대로 잘 되지 않은 경험 없나요? '엄마 말씀을 잘 들어야지.' 하고 생각했지만 막상 잘 안 듣게 되고, '동생을 잘 돌봐 주어야지.' 하고 생각했지만 막상 놀다 보면 때리고 미워하게 되는 것처럼요. 이런 일이 일어나는 이유는 내가 생각하는 대로 마음이 움직이지 않기 때문이에요. 그렇기 때문에 우리는 이런 내 마음을 잘 다스리도록 노력하고, 다른 방법으로 표현할 수 있도록 연습해야 해요.

우선, 갖고 싶은 것이 생겼을 때 무조건 내 손에 넣겠다는 생각은 버려야 해요. 친구의 것은 친구의 것이지 내 것이 아니니까요. 그렇다면 친구를 때리는 나쁜 행동을 막을 수 있을 거예요.

그리고는 '그 물건이 나에게 정말 필요한 것인가?'를 생각해 봐야 해요. 내가 원하는 모든 것을 가질 수는 없어요. 만약 여러분에게 꼭 필요한 것이라면 부모님께서도 흔쾌히 사 주실 거예요.

문제는 내게 꼭 필요한 것은 아니지만 그래도 갖고 싶은 것이 있을 때죠. 그럴 땐 부모님께 진심을 다해 말씀드려 보세요. 무조건 사 달라고 떼를 쓰는 것이 아니라, 내가 그것을 얼마나 갖고 싶어 하는지 마음을 표현하고, 내게 그것이 왜 필요한지 설명하는 거예요.

용돈을 모아서 사는 것도 아주 좋은 방법이에요. 용돈을 모을 때는 조금 힘들 수도 있어요. 하지만 나의 인내와 노력으로 얻은 만큼 그 가치에 대한 소중함을 깨달을 수 있답니다.

요즘 많은 친구들이 모든 것을 쉽게 얻으려고만 해요. 하지만 노력해서 무엇인가를 얻게 된다면 갖고 싶은 것이 생겼을 때 그것이 정말 필요한 것인지 구별하고 인내하는 힘을 키울 수 있을 거예요.

내가 원하는 모든 것을 갖고자 하는 건 욕심이에요. 욕심 자체가 잘못된 것은 아니지만, 그 욕심을 채우기 위해 친구를 때리거나 괴롭히는 건 분명 잘못한 행동이에요.

세상에는 아름다운 포기가 있어요. 바로 욕심을 포기하는 것이에요. 그 욕심을 포기할 때, 여러분에게 정말 필요한 것을 선택할 수 있는 힘이 생기게 될 거예요.

"영민아! 우리 학원 가기 전에 PC방 가서 게임하고 가자!"

학교가 끝나자마자 형준이는 영민이에게 게임을 하러 가자고 재촉했어요.

"그럴까? 그래, 좋아!"

형준이와 영민이는 사이좋게 PC방으로 향했어요.

"너는 요즘 무슨 게임해? 나는 자동차 경주 게임하는데 이거 정말 재미있어! 너도 이거 같이 하자."

형준이는 영민이에게 자신이 잘하는 게임을 같이 해 보자고 제안했어요.

"나도 그 게임 재미있다는 얘기는 많이 들었어! 나는 금방금방 배우니까 어떻게 하는 건지 알려 줘."

"알았어. 나만 믿어!"

형준이는 영민이와 나란히 앉아 가입하는 절차부터 게임 시작하기까지 하나하나 친절하게 알려 주었어요.

"우리 아이템 전 하자! 아이템 전이 노템 전보다 훨씬 재미있어. 아이템 사용하려면 '컨트롤(Ctrl)' 키를 누르면 돼. 알겠지? 그럼 이제 거기 '스타트(START)' 키를 눌러."

"응. 알겠어."

그런데 게임을 시작하자마자 형준이는 아이템을 사용해서 영민이를 공격하기 시작했어요. 그 때문에 영민이 자동차는 앞으로 가려고 하면 자꾸만 공격을 받아 제자리에 멈춰 서거나 미끄러지기 일쑤였지요.

"야, 문형준! 나 공격하지 말아 봐. 나 계속 앞으로 못 가잖아."

"이건 원래 이렇게 하는 거야. 네가 잘 못해 놓고 그러냐?"

영민이는 조금씩 약이 오르기 시작했어요.

'너 어디 한 번 두고 보자.'

게임을 한 번, 두 번, 세 번 하면서 영민이는 조금씩 게임 실력이 붙기 시작했어요. 그리고 아이템도 잘 사용하게 됐죠.

'어, 뭐야. 조영민 갑자기 왜 이렇게 잘하지?'

형준이는 속으로 긴장하기 시작했어요. 이 게임을 오늘 처음 한 영민이에게만큼은 지고 싶지 않았어요. 그런데 결승선이 눈앞에 보이는 데서 영민이가 아이템을 사용하는 바람에 형준이의 자동차가 멈추고 말았어요.

'에잇! 왜 이래, 정말! 짜증 나!'

형준이는 게임에 졌다는 사실에 너무 약이 올랐어요. 그런데 그때 영민이가 말했어요.

"아싸! 내가 이겼다! 너 이거 별로 잘하지도 못하네, 뭐."

형준이는 더 약이 올랐지만 애써 참으며 말했어요.

"야, 네가 하도 못해서 내가 봐준 거야. 봐줘서 이긴 건데 그래도 그렇게 좋냐?"

"봐주긴 뭘 봐줘? 내가 일부러 뒤에 있다가 아이템 쓴 건데. 야, 게임은 전략이야 전략."

"좋아! 이제 다시는 안 봐준다."

그렇게 둘은 또 게임을 하기 시작했어요. 하지만 영민이의 실력은 갈수록 늘어났고, 결국 형준이는 또 지고 말았지요. 게임을 처음 해 보는 영민이에게 졌다는 사실에 형준이는 너무 자존심이 상했어요. 그런데 그때 영민이의 말이 형준이를 몹시 화나게 했습니다.

"야, 또 봐줬냐? 아이고 고마워라. 이제 그만 봐줘도 될 거 같은데? 계속 봐주다가는 너 레벨도 못 올리겠다."

"야, 너 진짜 죽도록 맞아 볼래!"

형준이는 비아냥거리며 놀리는 말에 그만 화를 참지 못하고 주먹으로 영민이를 때리기 시작했어요.

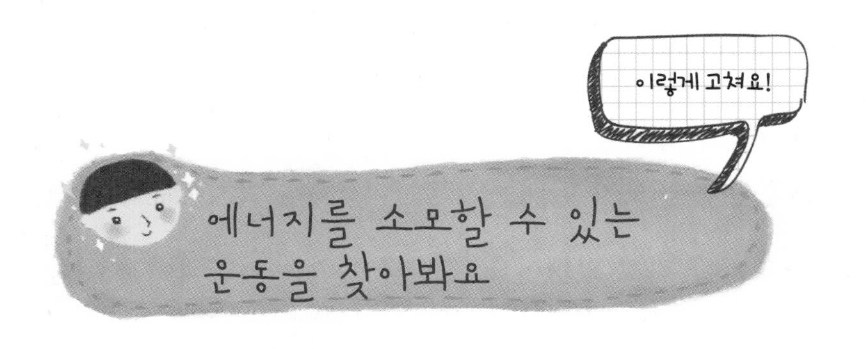

에너지를 소모할 수 있는 운동을 찾아봐요

여러분은 언제 가장 화가 나나요? 부모님께 억울하게 혼이 날 때? 누군가가 내 말을 무시할 때? 형준이처럼 친구가 나를 놀릴 때 참을 수 없을 만큼 화가 나지는 않나요? 이렇게 화가 날 때 친구들은 어떻게 그 화를 다스리고 있나요?

사람들은 여러 상황에서 '화'라는 감정을 느끼게 되지요. 순간의 화를 표출하는 방법은 아주 다양해요. 어떤 사람은 소리를 지르기도 하고, 어떤 사람은 울기도 해요. 또 어떤 사람은 말을 한 마디도 안 하기도 하고, 어떤 사람은 폭력을 사용하기도 한답니다.

형준이도 영민이의 놀리는 말에 화가 났고, 순간 그 화를 폭력으로 표현하고 말았어요. 하지만 어떠한 경우에도 폭력은 절대 용납될 수 없는 잘못이에요. 설사 누군가가 먼저 잘못을 했다고 하더라도 폭력으로 대응하는 것은 옳은 일이라고 할 수 없어요.

인도의 민족 운동 지도자 간디는 '폭력은 짐승의 법칙이고 비폭력은 인간의 법칙이다.'라고 말했어요. 그만큼 폭력은 인간적이지 못한 행동이지요. 인간이라면 폭력이 아닌 좀 더 지혜로운 방법으로 화를 표현하고 해결해야 합니다.

그렇다면 우리는 순간 '욱' 하고 올라오는 화를 어떻게 표현하고 다스려야 할까요?

가장 먼저 말로 나의 마음을 표현해야 해요. '지금 내 마음이 이렇다.'라고 상대방에게 말해 주는 거죠. 그러면 상대방도 내 마음이 어떤지 이해할 수 있어요.

하지만 말로 내 마음을 말한다는 것이 그리 쉬운 일은 아니에요. 화는 감정이기 때문에 말보다 주먹이 앞서는 경우가 많아요. 마치 천둥, 번개와 같아요. 천둥과 번개의 시작은 같으나 속도의 차이로 도달하는 데까지 걸리는 시간이 다르듯, 말도 머리를 거쳐 생각을 하고 입으로 나와야 하기 때문에 표현하기까지 시간이 조금 걸리게 돼요.

이럴 경우에는 우선 그 상황을 피하는 것이 좋은 방법이에요. 그리고 감정을 가라앉힌 뒤 내가 어떻게 화를 표현할 수 있는지를 생각해 보는 거예요. 화를 표출할 대상이 보이지 않으면 주먹을 사용하지 않고 내 마음을 정리하는 데 시간을 소비할 수 있어요.

이렇게 마음을 말로 표현하고 나면 '화'라는 감정이 모두 사라질까요? 아니에요. 화는 힘, 즉 에너지를 갖고 있어서, 말로 표현하고 난 후 바로 사라지지 않는 경우가 많아요. 잊으려고 해도 계속 생각나고, 생각하다 보면 더 커지게 되죠.

이럴 때 에너지를 소모할 수 있는 운동을 해 보는 건 어떨까요? 운동할 때에는 운동에만 집중하기 때문에 감정에 에너지를 쏟지 않게 돼요. 즉, 화가 더 이상 자라지 않게 도와준답니다. 또한 화라는 감정이 만들어 낸 힘, 에너지를 운동을 통해 밖으로 빼낼 수도 있지요.

화가 났을 때 폭력이 아닌 인간적인 방법으로 잘 다스리고 표현하게 된다면, 우리는 몸도 마음도 튼튼해져서 두 마리 토끼를 한 번에 잡을 수 있게 된답니다.

"얘들아, 우리 조는 장기 자랑 뭐로 하지?"

지윤이와 혜영, 민희, 지수, 은주는 이번 소풍 때 어떤 장기 자랑을 하면 좋을지 수업이 끝난 후 교실에 남아 함께 고민했어요.

"우리 소녀시대 할까?"

지윤이가 자신이 제일 좋아하는 소녀시대의 춤을 추자고 제안했어요. 그런데 그때 혜영이가 바로 다른 의견을 제안했어요.

"그런데 우리는 다섯 명이니까 원더걸스 따라 하는 게 어때?"

민희와 지수, 은주는 잠시 고민하다가 고개를 끄덕였어요. 이왕이면 인원수도 맞고 요즘 유행하는 곡으로 하는 게 좋다고 생각했지요.

"맞아! 우리는 다섯 명이니까 원더걸스가 좋을 것 같아."

"그래, 원더걸스 춤 배워 보고 싶었는데 잘됐다."

"나도 원더걸스가 좋겠어!"

민희와 지수, 은주는 혜영이의 의견에 동의했어요.

지윤이는 자신의 의견이 받아들여지지 않자 조금 기분이 상했어요. 친구들이 자신보다 혜영이를 더 좋아하는 것처럼 느껴지기도 했고요. 하지만 친구들 말이 맞기도 했기 때문에 끝까지 자신이 좋아하는 소녀시대를 하자고 고집부릴 수도 없는 노릇이었지요.

"그러면 연습 시간을 정하자! 우리 학교 끝나고 매일 조금씩 연습하는 게 어때?"

"그래, 좋아!"

혜영이의 말에 다른 친구들은 이번에도 흔쾌히 동의했어요.

그때였어요. 지윤이가 새침한 표정으로 고개를 돌리며 말했어요.

"나는 학교 끝나면 바로 학원에 가야 해서 안 될 것 같아!"

"그래? 그럼 언제가 좋아?"

혜영이가 물었어요.

"글쎄……. 나는 아무래도 시간이 안 될 것 같아. 그냥 나 혼자 연습할게. 우선 너희 먼저 연습해."

그 말에 친구들은 모두 얼굴을 찡그렸어요.

'뭐야, 김지윤. 왜 혼자 잘난 척이야.'

'누군 학원 안 가나.'

'자기만 학원 가는 것도 아니면서 쟤 왜 저래?'

모두가 왠지 모르게 기분이 상했어요. 하지만 지윤이는 이런 친구들의 마음을 눈치 채지 못했어요.

며칠 후, 의상에 대해 이야기하려고 친구들이 모두 모였어요.

"우리 머리는 하나로 묶고, 티셔츠는 흰색으로 입고, 검은 레깅스에 치마 입자!"

"난 싫어! 옷은 그냥 개성 있게 따로 입자. 꼭 똑같이 입어야 해? 유치해!"

지윤이의 말에 친구들은 또 기분이 상했어요. 꼭 무시당한 기분이

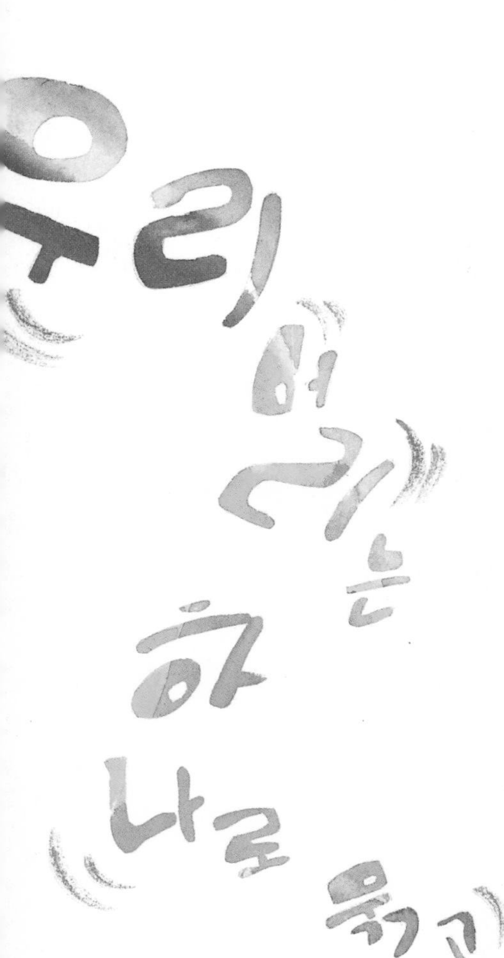

었어요.

그 뒤로도 지윤이는 친구들이 연습할 때도 함께하지 않았고, 계속 친구들의 의견에 반대하며 자신의 생각만 고집했어요.

“야, 우리 그냥 지윤이 빼 버릴까? 어차피 재 없어도 우리 상관없잖아. 난 잘난 척하는 애들 진짜 싫더라.”

혜영이가 친구들에게 말했어요.

“그래도 우리가 나가라고 하지 말고 자기가 같이 안 한다고 말하게 해야 돼. 안 그러면 우리만 혼날지도 모르니까.”

“김지윤은 혼 좀 나 봐야 된다니까. 그래야 잘난 척을 안 하지.”

친구들은 그렇게 지윤이를 자기네 그룹에서 빼려고 괴롭히기 시작했어요. 모두 지윤이와 말을 하지 않았고, 자기들끼리 속닥거리면서 웃고 장난쳤어요. 심지어는 지나가는 지윤이의 발을 걸기도 했고, 툭 하면 “공부 벌레, 오늘은 학원 안 가?”라고 비아냥거리기도 했어요. 지윤이는 친구들이 왜 갑자기 쌀쌀맞게 변했는지 알 수 없었어요.

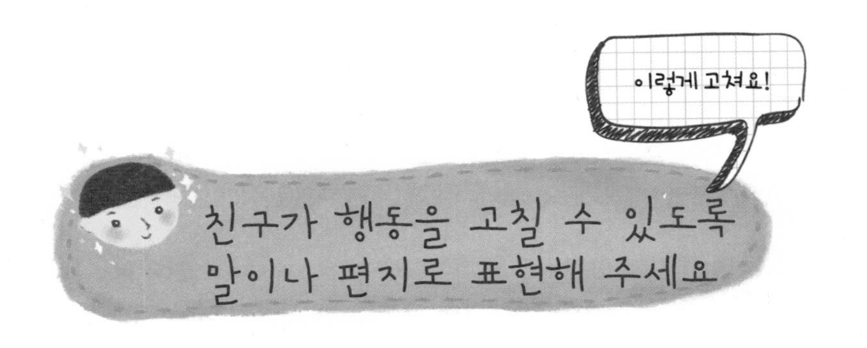

친구의 말에 기분 나빠지거나 상처받은 적이 있나요? 그럴 때 여러분은 친구에게 어떻게 그 마음을 표현하나요? 많은 사람들이 상대방의 말과 행동으로 인해 기분이 상했을 때 자기 마음을 잘 표현하지 못해요. 자신의 마음을 표현하는 대신, 자신이 받은 상처를 되갚아 주려고 마음먹지요.

사실 상처받은 내 마음을 상대방에게 전달하는 것이 쉬운 일은 아니에요. 자존심이 상하기도 하고 굳이 좋지 않은 마음을 알릴 필요가 없다고 생각하니까요. 하지만 그렇다고 그 마음이 표현되지 않는 건 아니에요. 혜영이와 친구들도 지윤이를 따돌리고 괴롭히는 방법으로 상한 마음을 표현했으니까요.

하지만 친구가 진심으로 반성하기를 원한다면 그 친구의 어떤 모습이 잘못됐는지를 표현해 줘야 해요.

만약 친구들이 지윤이에게 이렇게 말했다면 어땠을까요?

"네가 그렇게 말하면 우리를 무시하는 것 같은 기분이 들어."

"네가 계속 그렇게 말하면 꼭 우리랑 하기 싫은 것처럼 느껴져."

"우리는 한 팀이니까 네 마음에 들지 않아도 같이 맞춰 줬으면 정말 좋겠어."

그러면 지윤이도 자신의 행동을 되돌아보고 친구들의 마음을 이해할 수 있었을 거예요. 그렇다면 장기 자랑에서도 더 좋은 모습을 보

여 줄 수 있겠죠?

요즘 사람들 사이에 소통이 이뤄지지 않는 것이 가장 큰 문제라고 해요. 상대방의 입장은 전혀 헤아리지 못한 채 자신만을 생각하기 때문이죠. 이렇게 자신에게만 집중된 생각은 오해를 낳게 되고, 오해는 관계에 금을 긋게 되죠.

만약 땅에 비가 오지 않는다면 어떨까요? 하루, 이틀은 괜찮을 거예요. 하지만 100일, 200일, 300일이 지나도 비가 오지 않는다면 땅은 메마르고 결국에는 갈라지게 됩니다. 우리의 관계도 마찬가지예요. 서로의 마음을 표현하지 않으면 점점 메마르고 결국에는 갈라지게 되지요. 소통이 없는 관계는 언제든지 깨질 수밖에 없으니까요.

주변에 내 마음을 상하게 하는 친구가 있나요? 그럼 표현해 주세요. 직접 얼굴을 보고 말로 하는 것은 큰 용기가 필요해요. 만약 이렇게 말로 전하는 것이 힘들다면 편지로 대화를 시도하는 것도 아주 좋은 방법이에요. 친구의 어떤 행동에 내 마음이 상했는지, 상대의 잘못된 점은 무엇인지 표현해 주세요. 이 표현이 메마른 땅에 촉촉한 단비가 되어 줄 거예요.

'내가 재만 이기면 우리 반에서 싸움 제일 잘하는데…….'

새 학년으로 올라오면서 3학년 1반이 된 귀원이에게 한 가지 고민이 생겼어요. 2학년 때는 1반에서 싸움을 제일 잘했기 때문에 누구하나 귀원이를 만만하게 보거나 함부로 대하지 않았는데, 3학년이 되고 보니 2학년 때 3반에서 싸움도 제일 잘하고 공부까지 잘하는 성주와 같은 반이 됐기 때문이에요.

귀원이는 어떻게 해서든 자신이 성주보다 싸움을 잘한다는 것을 인정받고 싶었어요. 그래야 2학년 때처럼 아무도 자신을 만만하게 보지 못할 거라 생각했거든요.

귀원이는 2학년 때처럼 자신이 싸움을 잘한다는 걸 새로운 반 친구들에게도 보여 주고 싶었어요. 싸움을 잘하면 힘이 세고 멋져 보일 테니까요. 때마침 두형이가 귀원이 쪽으로 걸어오고 있었어요.

"야! 이두형! 너 지금 나한테 뭐라고 그랬냐?"

"어? 나 아무 말도 안 했는데?"

"웃기지 마. 네가 분명 지금 나보고 비웃으면서 뭐라 그랬잖아."

"야, 내가 언제!"

귀원이는 지나가는 두형이에게 괜히 시비를 걸며 싸움을 벌였어요. 그리고는 반 친구들이 모두 보는 데서 두형이를 마구 때렸어요. 두형이뿐만이 아니었어요. 2학년 때부터 자신의 말을 모두 들어 주던 친구들을 제외하고는 반 친구들 모두를 괴롭히기 시작했죠. 다른 친구들이 싸움 잘하는 자신을 멋지고 남자답다고 볼 게 분명하니까요.

그러던 어느 날이었어요. 점심시간에 귀원이가 운동장에서 공놀이를 하고 있는데 저기 멀리 성주가 지나가는 것이 보였어요.

'이때다!'

귀원이는 성주가 있는 곳을 향해 공을 빵 찼어요.

"아야!"

공에 맞은 성주는 공이 날아온 곳을 바라봤어요. 그러자 귀원이는 사과는커녕, 빨리 공을 보내지 않고 뭐하는 거냐며 화를 냈어요.

"야! 빨리 공 돌려보내."

성주는 귀원이의 태도에 화가 났어요.

"뭐라고? 김귀원! 너 사과부터 해야 하는 거 아냐?"

"내가 너한테 찬 것도 아니고, 네가 지나가다 맞았잖아."

귀원이는 히죽히죽 웃으며 성주를 약 올렸어요.

참다 참다 화가 난 성주는 귀원이를 향해 달려가더니 주먹을 날리고 말았어요. 귀원이는 지금 성주에게 지면 친구들이 자신을 우습게 볼 것 같다는 생각에 온 힘을 다해 밀쳤어요. 그리고는 성주를 깔고 앉아 힘껏 때리기 시작했어요. 둘의 싸움이 시작되자 주변에 친구들이 모이기 시작했어요.

결국 성주는 억울하고 화나는 감정이 폭발하면서 울음을 터뜨리고 말았어요. 귀원이는 그 모습을 보고 자신이 이겼다는 생각에 기분이 좋아졌어요.

"야, 함성주! 그러니까 앞으로는 까불지 말라고!"

여러분, 어때요? 귀원이는 친구들에게 정말 힘세고 멋진 친구가 되고 있는 것일까요?

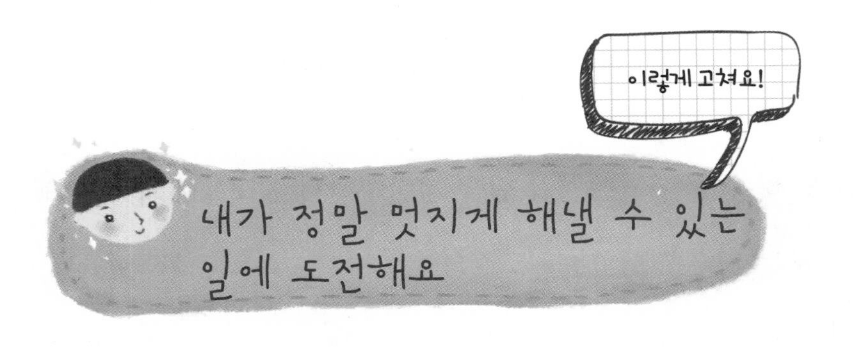

누군가가 나를 멋진 사람으로 생각한다는 것은 아주 기분 좋은 일이에요. 초등학생이 되기 전에는 부모님이 나를 멋지게 봐주는 게 가장 좋지만, 학교생활을 하게 되면 친구들로부터 인정받는 것이 더 기분 좋은 일이 되곤 하지요.

귀원이도 친구들로부터 힘이 세고 멋진 사람으로 인정받고 싶었어요. 친구들이 함부로 대하지 못하는 것이 꼭 자신이 최고가 된 것처럼 기분도 좋았고요. 그런데 만약 자신과 똑같은 모습의 친구가 있었다면 어떻게 생각했을까요? 그 친구를 정말 힘세고 멋진 친구라고 생각할 수 있을까요?

많은 친구들이 선생님이나 친구들에게 잘 보이고 인정받기 위해 잘못 생각하고 행동할 때가 있어요. 때로는 거짓말로 자신의 모습을 그럴듯하게 꾸며 내기도 하고, 공부를 잘해서 자신의 똑똑함을 인정받으려고도 하지요. 귀원이처럼 힘을 자랑하면서 친구들에게 멋지게 보이려고 하는 경우도 있고요.

하지만 이런 모습들이 정말 나를 멋진 사람으로 만들어 주지는 않아요. 물론 잠깐 동안은 의기양양할 수 있겠죠. 하지만 시간이 얼마 지나지 않아 이런 모습으로 인해 나는 더 많은 것을, 더 소중한 것을 잃게 된답니다. 결국 모든 친구가 내 곁을 떠나갈지도 몰라요.

그렇다면 모두에게 정말 멋진 사람이 되려면 어떻게 해야 할까요? 바로 누군가에게 어떻게 보이기 위해 행동하지 말고, 스스로 어떤 사람이 되었는지를 돌아보는 거예요.

먼저 자신이 좋아하는 일을 생각해 보세요. 예술적 감각이 좋다면 그림 그리는 것을 좋아할 수도 있고, 노래하는 것을 좋아할 수도 있어요. 운동감각이 좋다면 축구나 야구, 달리기 같은 신체 활동을 좋아할 수도 있고, 생각하는 것을 좋아한다면 책을 읽거나 글을 쓰는 것을 좋아할 수도 있지요.

이렇게 나의 성향에 따라 내가 좋아하는 것을 생각해 보는 거예요. 아마 친구를 때리는 것을 좋아하는 친구는 없을 거예요. 혹시 그냥 힘쓰는 것이 좋은 친구가 있나요? 이런 친구들은 힘을 많이 필요로 하는 운동을 생각해 보는 건 어떨까요?

좋아하는 일을 생각했다면 이제 그 일을 잘할 수 있도록 노력해야 해요. 누구나 좋아하는 마음만으로 잘하게 될 수는 없어요. 하지만 잘하기 위해 연습하고 훈련하는 과정을 견딜 수 있는 힘을 준답니다.

피겨스케이팅 선수 김연아를 아시나요? 김연아 선수가 처음부터 스케이트를 우아하게 잘 탔던 것은 아니에요. 김연아 선수는 자신이 좋아하는 일을 선택했기에 그것을 잘하기 위해 노력했던 것이고, 수천 번, 수만 번을 넘어졌지만 다시 일어날 수 있었던 거예요. 그리고 결국에는 모두에게 인정받는 세계 최고의 피겨스케이팅 선수가 되었죠.

비밀은 바로 여기에 있었던 거예요. 내가 정말 멋지게 해낼 수 있는 일, 그것은 무엇일까요? 시작은 좋아하는 일을 생각하고 찾는 것에 있어요. 그것이 무엇인지 찾고, 잘하기 위해 노력한다면, 여러분은 친구를 때리거나 거짓말을 하지 않아도, 정말 멋진 친구가 될 수 있답니다. 지금 그 일이 무엇인지 생각해 보는 건 어떨까요?

아직 아무도 학교에 도착하지 않은 시간, 미진이는 주위에 누가 오나 안 오나 조심스레 살피더니 조용한 교실 안으로 재빨리 들어갔어요.

'여기에다가 붙이면 못 피할 거다. 보는 사람이 아무도 없으니까 내가 그랬는지 모르겠지?'

미진이는 입에서 씹던 껌을 뱉어 세희의 의자 중앙에 붙여 놓았어요. 그리고는 조심히 교실에서 빠져 나왔어요.

미진이가 일등으로 교실에 들어온 건 이번이 처음은 아니에요. 마음에 들지 않는 세희를 골탕 먹이기 위해 매일 아침 아침잠도 참아가며 일찍 나오고 있었어요.

미진이는 얼굴도 예쁘고 발표도 잘하는 세희가 마음에 들지 않았어요. 선생님들도 모두 세희만 좋아하는 것 같았어요. 어느덧 세희가 하는 모든 행동이 마음에 들지 않았고, 심지어는 친구들에게 친절하게 대하는 것도 꼭 착한 척하는 가식으로만 보였어요.

친구들이 하나둘 교실에 모이기 시작했고, 세희도 친구들과 반갑게 인사를 하며 교실 안으로 들어왔어요. 멀리서 그 모습을 보고 있던 미진이도 그제야 교실 안으로 들어왔죠.

"안녕! 세희야!"

짝꿍 은경이가 반갑게 인사했어요. 세희도 은경이와 인사하고 자기 자리에 앉았어요.

"앗! 이게 뭐지?"

"왜 그래? 무슨 일인데?"

세희의 비명에 친구들의 시선이 집중됐어요.

"껌이잖아? 누가 의자에 껌 뱉어 놨나 봐."

"세희야, 괜찮아? 옷에 안 묻었어?"

"도대체 누구야? 나한테 왜 이러는 거야……."

세희는 그만 울음을 터뜨리고 말았어요. 세희는 요즘 들어 누군가 자신을 몰래 괴롭히는 것이 무서웠어요. 지난번에는 멀리서 날아오는 공에 맞은 적도 있고, 예쁜 척하지 말라는 협박 편지를 받은 적도

있었어요.

그 모습을 멀리서 지켜보던 미진이는 고소하다는 생각에 속으로 웃고 있었어요. 그런데 순간 이상하게도 기분이 나빠졌어요. 자기가 세희를 괴롭힐 때마다 친구들이 세희를 안타깝게 여기고 더 잘해 주려고 하는 것이었어요.

'뭐야, 왜 애들이 세희한테 잘하는 거지?'

미진이는 얼굴 예쁜 것만 믿고 제멋대로 하려는 세희를 친구들이 왜 좋아하는지 도대체 이해할 수 없었어요. 미진이는 어떻게 하면 다른 친구들도 세희를 싫어하게 될지 고민하다가 세희에 대한 헛소문을 퍼트리기 시작했어요.

"은경아, 너 세희한테 잘해 주지 마. 세희가 막 네 욕하고 다니더라고! 뭐, 네가 그냥 자기 좋아해 줘서 어쩔 수 없이 노는 거라던데?"

"언니, 세희가 언니들 재수 없다고 욕했어. 내가 언니들한테 다 말한다고 해도 그러라면서 하나도 안 무섭대."

"얘들아, 세희가 실은 너희랑 놀기 싫대. 너희가 지저분하고 못생겨서 같이 놀기 창피하대."

미진이가 세희에 대해 내고 다닌 이상한 소문은 일파만파 퍼지기 시작했어요. 미진이가 한 말은 무섭게 자라났고, 세희 주변에 아무도 없게 만들었지요. 친구들뿐만 아니라 세희보다 학년이 높은 언니들도 찾아와 때리고 가기도 했어요.

미진이는 그제야 속이 조금 후련해지는 것 같았어요. 그런데 세희를 이렇게 괴롭히고 나니까 이번에는 공부 잘하는 혜진이가 마음에 안 들기 시작했어요.

미진이에게는 왜 계속 마음에 안 드는 친구들이 생겨나는 걸까요? 미진이도 그 이유를 알 수 없었지만, 세희를 괴롭혔던 것처럼 이번에는 혜진이를 괴롭히기 시작했어요.

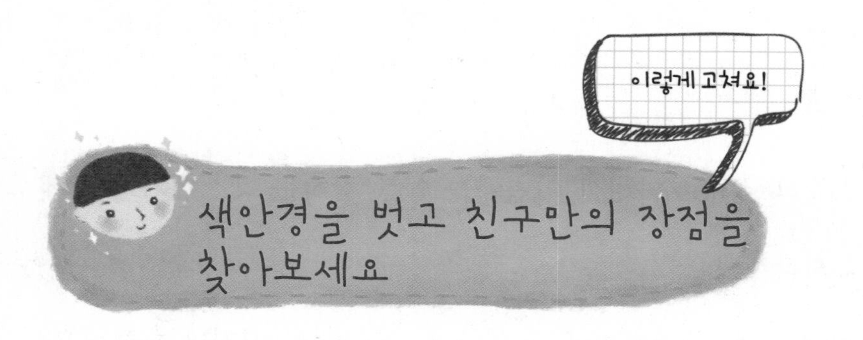

색안경을 벗고 친구만의 장점을 찾아보세요

학교에서 단체 생활을 하다 보면 내 마음에 꼭 드는 친구가 있는가 하면, 그렇지 않은 친구도 있어요. 그리고 어제는 나와 마음이 아주 잘 통해서 마음에 들다가도, 오늘은 갑자기 그 마음이 바뀌어 싫어질 때도 있지요.

왜 그럴까요? 왜 괜히 한 친구의 행동 하나하나가 마음에 들지 않는 걸까요? 차이로 인해 생기는 질투심과 선입견 때문일 수 있고, 비교로 인해 생겨나는 경쟁심 때문일 수도 있어요.

나와 생각하는 것도, 외형적인 모습도 다를 때 우리는 상대방에 대해 잘못된 선입견을 갖게 되곤 한답니다. 반대로 나와 생각하는 것도, 외형적인 모습도 비슷할 때 우리는 필요 이상으로 서로를 비교하면서 쓸데없는 경쟁심을 쌓기도 해요.

그렇다면 미진이는 왜 거짓말까지 하면서 세희와 혜진이를 괴롭혔을까요? 미진이는 얼굴은 예쁘지 않았지만 공부는 잘하는 학생이었어요. 하지만 세희를 볼 때는 질투심이 생겼고, 혜진이를 볼 때는 계속해서 비교를 하게 됐죠. 그 질투심과 비교는 미진이의 머릿속을 잘못된 생각으로 가득 메워 그 생각에서 벗어나지 못하도록 붙잡고 있었어요.

'세희는 얼굴만 믿고 까불어.'

'혜진이는 자기가 공부 잘한다고 다른 친구들을 무시해.'

질투심과 잘못된 비교가 만들어 낸 생각은 친구들의 좋은 모습을 볼 수 없게 방해해요. 뿐만 아니라, 자신의 생각이 마치 사실인 것처럼 인식하게 하죠.

여러분, 혹시 나와 모습과 행동이 정반대이거나 아주 비슷해 마음에 안 드는 친구가 있나요? 그렇다면 가장 먼저 그 친구에 대한 선입견을 버려야 해요. 바로 색안경을 벗는 작업이죠.

색안경을 끼고 바라보면 우리는 친구의 모습을 있는 그대로 볼 수 없어요. 세희는 얼굴이 예쁜 만큼 마음씨도 고왔지만 미진이에게는 가식으로만 보였던 것처럼, 혜진이는 공부를 잘하는 만큼 친구들에게 많은 도움을 줬지만 미진이 눈에는 친구들을 무시한다고 보였던 것처럼 말이죠.

그다음에는 친구의 모습을 그대로 인정해 줄 수 있는 마음가짐이 필요해요. 이 마음이 없다면 아무리 친구의 좋은 모습을 발견해도 그대로 인정해 주기 어렵게 된답니다.

친구의 모습을 그대로 인정해 주기 위해서는 가장 먼저 내 모습을 그대로 인정해 줄 수 있어야 해요. 얼굴이 예뻐야만 소중한 건 아니에요. 공부도 1등이 있는가 하면 꼴등도 있죠.

사람들은 저마다 다른 모습으로 자신만의 장점을 지니고 있어요. 나도 내 모습 그대로 나만의 장점이 있는 법이지요.

내 모습 그대로를 인정한 다음에는 친구가 갖고 있는 장점이 무엇인지 찾아보는 연습을 해 보세요. 나와 다르다고 해서 그 모습이 틀리거나 잘못된 것은 아니니까요. 내 모습을 인정한 후에는 친구의 장점을 인정하는 것이 그리 힘든 일은 아닐 거예요.

내가 먼저 친구의 장점을 발견하고 인정해 줄 때, 나의 장점도 친구들에게 왜곡된 생각을 거치지 않고 인정받을 수 있어요.

이제 질투와 비교는 그만! 서로의 다른 장점을 인정할 줄 아는 정말 멋진 친구가 되어 볼까요?

"안민혁! 5,000원만 줘 봐."

"네? 돈 없는데요."

"그럼 맞아야지."

민혁이는 요즘 학교 나오는 게 너무 싫었어요. 자신보다 나이 많은 형들이 때리고 돈을 빼앗았기 때문이에요. 그래서 화장실조차 마음 놓고 갈 수가 없었어요. 키도 더 크고 무서운 형들이 언제 화장실에서 자신을 기다리고 있을지 모르니까요. 그나마 가장 안전한 곳은 친구들과 선생님이 함께 있는 교실이었어요.

"민혁아, 운동장에 가서 공놀이 하자!"

"어? 아니야. 나는 그냥 교실에 있을래."

점심시간에 친구들이 운동장에 나가서 놀자고 해도 민혁이는 마음껏 뛰어놀지 못했지요. 신고를 해 볼까 생각도 했지만 "신고하면 때린다."는 형들의 말이 너무 무서워 신고도 못하고, 선생님과 부모님께 말씀드리지도 못했어요. 민혁이가 할 수 있는 건 형들한테 돈을 주거나, 최대한 마주치지 않게 피해 다니는 것뿐이었어요.

그러던 어느 날이었어요. 화장실에 갔다가 민혁이는 또 무서운 형들을 만났어요.

"오늘은 돈 있어?"

"도, 돈이요?"

"가지고 있는 거 다 꺼내 봐."

"네? 네. 여기요."

민혁이는 주머니에서 가지고 있던 3,000원을 꺼내서 형들에게 줬어요.

"뭐야? 3,000원? 너 나랑 장난해?"

그런데 이번에는 3,000원밖에 없냐며 민혁이를 때리기 시작했어요. 민혁이는 왜 맞아야 하는지 너무 억울하고 분했어요. 하지만 형들한테 대들어 봤자 더 맞을 게 분명하니까 화를 꾹꾹 참으며 맞기만 했어요.

'내가 진짜 형들보다 키만 더 컸어도……. 싸움만 더 잘했어도…….'

민혁이는 화가 난 마음을 가득 안고 교실로 돌아갔어요. 그러던 중, 복도 끝에서 자신보다 어린 1학년 동생이 걸어오는 것이 보였어요. 그 순간 민혁이 마음속에는 자신도 모르게 나쁜 마음이 자라나고 있었어요.

'너 잘 걸렸다. 너도 한번 맞아 봐라.'

민혁이는 어린 동생이 가까이 다가오자 갑자기 주먹으로 배를 때렸어요.

"왜 그러세요?"

1학년 동생이 울먹거리며 민혁이에게 물었어요. 민혁이는 자신보

Vio

다 키도 작고 힘도 없어 보여서 만만했어요. 그래서 형들이 자신에게 했던 것처럼 똑같이 분풀이를 한 것이에요.

"야, 돈 있어?"

그런데 어린 동생이 갑자기 울기 시작했어요. 민혁이는 순간 당황해서 어쩔 줄 몰랐어요.

'얘 뭐야? 돈 있으면 그냥 주면 되지, 울긴 왜 우는 거야…….'

민혁이는 선생님께 들키기 전에 재빨리 그 자리를 피했어요. 그런데 나중에 생각해 봐도 자신보다 어린 동생을 때렸던 순간이 그리 나쁘지만은 않았어요. 아니 오히려 기분이 좋았어요. 답답하던 가슴이 왠지 시원하게 트이는 것 같은 기분이 들었어요.

'나만 맞을 수는 없어. 어차피 나도 맞는데 뭐 어때.'

하루하루 날이 지나면서 민혁이는 더 많은 동생들을 때리고 돈을 빼앗기 시작했어요. 그리고는 어느새 자신을 때리던 형들과 똑같은 모습이 되어 있었어요.

선생님께 걸려 혼이 날 때도 민혁이는 너무나 당당하게 말했어요.

"그럼 맞고만 있어요? 저도 맞았는데 왜 때리는 걸로만 뭐라고 하세요?"

민혁이가 자신도 당했다는 이유로 동생들을 때리고 괴롭히는 것이 과연 정당화될 수 있을까요?

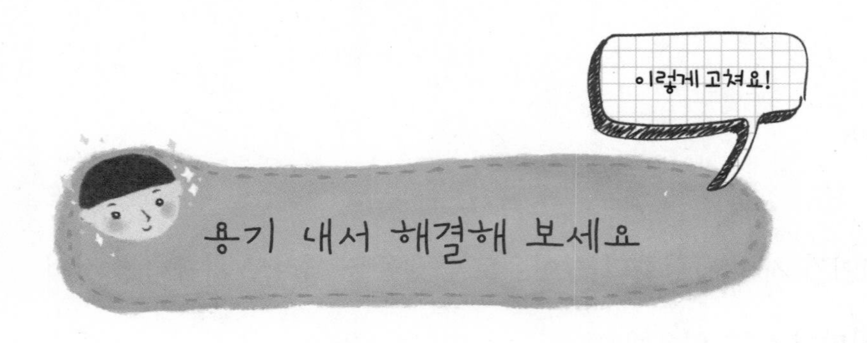

청소년 폭력예방재단의 조사에 따르면 학교 폭력을 처음 경험하는 시기는 초등학생 때가 56퍼센트로 가장 높다고 해요. 이렇게 초등학교 때부터 시작된 학교 폭력은 중학생에서 고등학생으로 학년이 높아질수록 점점 더 심해진다고 합니다.

초등학생의 경우 학교 폭력을 당했을 때 많은 친구들이 일이 커질까 봐, 혹은 보복이 무서워 이를 알리지 못하고 숨기는 경우가 47퍼센트나 된다고 해요. 또한 민혁이처럼 자신보다 약한 동생이나 친구들을 다시 괴롭히는 것으로 문제가 악순환되기도 하지요.

처음 학교 폭력을 경험했을 때, 우리는 이를 없애기 위해 용기 내서 해결하고자 노력해야 해요. 우리는 어떤 노력을 할 수 있을까요?

먼저, 친구에게 자신을 괴롭히는 이유에 대해 물어보세요. 만약 나의 어떤 행동이나 서로의 오해 때문이었다면 생각보다 쉽게 학교 폭

1-5
APPLE

력에서 벗어날 수 있어요.

하지만 문제는 아무런 이유도 없이 괴롭히는 경우예요. 이럴 때는 친구의 행동이 자신을 얼마나 힘들게 하는지 분명히 이야기하고 그러지 말 것을 부탁해야 해요. 그래도 괴롭힘이 계속되거나 더 심해진다면 주변에 도움을 청해서 이 문제를 해결해야 해요. 절대 숨기거나 되풀이해서는 안 된답니다.

선생님이나 부모님께 자신이 겪은 상황에 대해 자세히 알려 주세요. 상황을 이야기할 때는 사실에 대해 정확한 표현과 함께 자신이 얼마나 힘들었는지 마음을 표현해야 해요. 어른들은 그리 큰일 아니라고 생각할 수도 있으니까요.

만약 선생님이나 부모님께 알렸는데도 해결되지 않을 경우에는 '117'번으로 전화해서 도움을 요청할 수도 있어요. '117'은 여성, 아동, 청소년 경찰지원센터예요. 24시간 언제든지 전화해서 나의 고민을 얘기하면 상담 선생님이 필요한 도움을 주실 거예요.

또한 '안전Dream' 홈페이지(www.safe182.go.kr)에서도 온라인 게시판을 이용해 일대일 상담을 할 수 있지요. 이런 상담센터에서는 자신이 누구인지 밝히지 않아도 도움을 받을 수 있으니 보복에 대한 두려움을 버리고 용기 내서 도움을 요청하도록 하세요.

지금, 누군가의 괴롭힘에 많이 힘들어하고 있나요? 그 괴롭힘을 나도 나보다 약한 학생에게 되돌리고 있나요? 나의 용기가 학교 폭력을 끊게 되는 소중할 결실을 맺을 수 있다는 것을 잊지 마세요.

참! 여러분이 기억해야 할 게 하나 더 있어요. 바로 친구와의 장난이나 싸움은 구별할 줄 알아야 한다는 것이죠. 장난을 치다가 친구가 실수로 때리거나, 친구와 놀던 중 싸움이 벌어지는 것은 학교 폭력이라고 할 수 없답니다. 잘 분별해서 친구와의 우정은 돈독히 하고, 학교 폭력은 사라질 수 있도록 함께 노력해 봐요.

ㅋ
ㅋㅋ

부록

엄마 아빠가 읽어요

청소년 학습발달 전문가 황준원 교수님의
우리 아이 바른 행동 지도안

1

• 아이들은 언제 폭력적이 될까요?

어른들은 아이들이 올바르게 자라서 자신이 처한 상황을 잘 이해하고 현명하게 대처하는 것을 기대하기 마련이에요. 하지만 한국 사회를 살아가는 아이들의 다수, 어쩌면 대다수가 이따금 별일 아닌 것에 과하게 짜증을 부리고, 심지어는 그러지 말아야 할 대상이나 상황에 화를 내고 폭력을 휘두르는 것 같아 걱정입니다. 지난 10여 년간 점점 사례와 심각성이 더해 가는 '학교 폭력' 문제처럼, 아이들의 폭력적인 성향은 이제 개인과 가정의 문제를 넘어서 우리 사회가 공동으로 대처할 문제로 커진 것 같습니다.

흔히 아이들의 폭력적인 성향을 보면서 '아직은 어리니까…… 크면 나아질 거야, 철들면 나아질 거야, 괜찮아질 거야.'라는 식으로 생각하기 쉬워요. 하지만 사실 아이의 폭력적인 행동은 아동기 어느 시기에서라도 집에서나 학교에서나 진지하고 심각하게 받아들여야 하지요. 제가 그간 진료 현장에서 경험한 바로는 '크면 좋아진다.'보다

'바늘 도둑이 소도둑 된다.'라는 말이 좀 더 맞더군요. 특히 나이와 상관없이 아이들이 상황에 비해 지나치게 이성을 잃을 만큼 화를 내는 경우, 주 3회 이상 자주 화를 내는 경우, 늘 짜증이 가득한 얼굴로 지내는 경우, 작은 일로 되풀이해서 원망하거나 '가만히 안 있겠다, 복수하겠다, 두고 보자…….' 식으로 벼르는 경우는 그냥 지나가는 과정으로 넘기지 말고 각별히 신경을 써야 합니다.

그럼 아이들은 언제 폭력적이 될까요? 단순히 한 가지 원인 때문에 아이들이 폭력적이 되기보다는 아래의 원인들이 한 아이에게 복합적으로 작용하여 나타나는 것으로 알려져 있습니다.

가족적 · 유전적 요인

타고난 다혈질적이고, 급하고, 충동적인 성향 또는 유전적 소인이 알려져 있습니다.

뇌손상 또는 대뇌의 질병

특히 인간 대뇌의 앞부분인 전두엽은 나타난 현상에 대해 충동을 조절하고 합목적적으로 계획하고, 문제 해결을 담당하는 '실행 본부' 같은 영역입니다. 이 영역이 손상을 입거나 기능이 저하되면 비이성적이고 과도한 분노를 흔히 경험하니 아무래도 폭력적인 성향을 보이기 쉽겠지요. 또 정서를 처리하는 역할을 하는 측두엽 부위에 이상이 있는 경우에도 마찬가지입니다. 세균성 뇌막염 또는 뇌염, 뇌진탕, 뇌좌상, 두개골 골절, 뇌수술, 간질, 중금속이나 일부 항암제처럼 중추신경계 독성이 있는 성분이나 약 복용 등이 폭력적인 행동의 원인이 될 수 있습니다. 단, 살아가면서 아이들이 다양한 이유로 머리를 부딪히는 일은 좀처럼 피하긴 어렵지만, 자연의 섭리인지 어릴수록 두개골도 무르고 몸도 유연하여 의외로 큰 뇌손상을 입지 않는 경우가 훨씬 더 많아 다행입니다. 아이가 머리를 부딪힌 직후 의식을 잃거나 토하지 않고, 이후 근력과 행동에 별다른 문제가 생기지 않았다면 어느 정도 안심할 수 있습니다.

이전에 학교 폭력 또는 가정 내 학대를 경험

학교 폭력이나 가정 내 학대 등으로 아이들이 피해를 입은 경우 대부분 자존감 저하, 좌절감, 어디에서나 안전하고 편안한 기분을 느끼지 못한 채 신경이 곤두서고 날선 느낌을 경험합니다.

가족이나 주위에서 폭력에 노출

아이들이 직접적으로 폭력에 피해를 입으면 보다 어린 연령에서는 쉽게 불안해집니다. 폭력에 많이 노출될수록 익숙해지고 폭력의 심각성과 문제성에 대해 둔감해지기 쉽습니다. 나아가서, 모방 심리에 의해 자신이 보고 경험한 것과 비슷한 상황에 대개 본인도 폭력을 쓰게 됩니다.

가정의 사회 · 경제적 요인으로 인한 스트레스

부모 세대의 빈곤, 실직, 부모 불화는 가족 관계에서 긴장과 갈등을 초래하면서 아이들의 폭력 성향을 증가시킵니다. 특히, 가족 간에 여과되지 않고 강렬하게 부정적인 정서를 노출시킬수록 아이들에게 부정적인 영향을 미치기 쉽지요.

영상물(TV, 비디오, 영화 등)이나 게임으로 폭력에 노출

아이들은 폭력적인 상황에 노출될수록 폭력에 의한 공포심은 줄고, 본 것을 모방하고, 더 공격적인 행동 방식을 익히게 됩니다. 하지만 꼭 직접적으로 겪어야만 이렇게 되는 것이 아니라 영상물이나 게임에 노출되어 간접적으로 경험하여도 마찬가지입니다. 특히 각종 영상물이나 게임에서 다루는 폭력이 보다 현실적이고, 반복되어 노출될수록, 기존에 정서적·행동적·학습적 문제를 갖고 있을수록 아이들에게 더 좋지 않은 영향을 미치는 점을 명심해야 하겠습니다.

이전의 공격적 · 폭력적 행동 자체

폭력적인 행동을 하면 할수록 그 다음에 더 작은 일이나 갈등 상황에서 참거나 다른 방법을 생각하기보다 폭력을 사용하기가 쉽습니다.

정신 건강의 문제

위에 열거한 여러 요인 외에도 아이들이 주의력결핍 과잉행동장애(Attention-Deficit Hyperactivity Disorder, ADHD), 품행장애(Conduct Disorder), 우울증을 앓고 있는 경우 폭력적인 성향이 나타날 수 있습니다.

이상의 원인들 때문에 우발적으로 폭력이 나타나기 쉬운 상태에서 다음과 같은 이유들이 한 번 나타난 아이들의 폭력을 지속시키는 것으로 알려져 있습니다.

의사소통의 기능

아이가 화를 내고 폭력적으로 굴면 주위에서 '얘가 왜 이럴까?' 하고 달래면서 무의식중에 아이와 시간을 보내게 되는데, 이 과정이 오히려 폭력을 지속시킬 수 있습니다. 평소 본인의 장점을 발휘해서 칭찬을 받을 기회가 부족한 경우, 즉 어른들이 무관심한 경우, 아이들은 오히려 미운 짓, 즉 작은 일에 화를 내고 함부로 행동해서 어른들이 본인을 야단치고 화를 내는 것을 일종의 관심으로 받아들이는 경우가 있습니다.

문제 해결의 기능 ✧ ✧

아이가 화를 내고 폭력적으로 굴면 아이를 달래거나 어른들이 미안한 심리에서 이전에 금지한 것, 아이가 무리하게 고집부리는 바를 그냥 들어주곤 하지요. 아이로서는 안 좋은 행동을 했는데, 오히려 벌을 받기는커녕 자신이 바라던 대로 되더라는 잘못된 학습이 이루어져 이후 폭력이 하나의 문제 해결 수단으로 자리 잡을 위험성이 높습니다.

정서 발산의 기능 ✧ ✧

분노와 이로 인한 폭력 등의 과정에서 강렬한 감정을 소모하다 보면 그 과정에서 눌러 왔던 감정이 발산되어 후련해지는 효과가 일부 있습니다.

자기애 만족의 기능 ✧ ✧

아이들이 폭력적인 행동을 할 때 주위 친구들로부터 칭송, 부러움, 나름의 권력 등 왜곡된 의미의 영웅 대접을 받을 수 있습니다.

동질감의 기능 ✧ ✧

여러 아이들이 하는 폭력적인 행동에 가담하는 것이 마치 주위 친구들과 뭔가 비밀을 공유하고 '의리'를 나누는 행동처럼 취급받을 수 있습니다.

2

• 아이 앞에서 폭력을 사용하지 말아 주세요

아이들은 이 세상에 태어나면서 엄마와 가장 먼저 관계를 맺기 시작합니다. 처음에는 엄마와 내가 분리된 존재인지 인식하지 못하지만, 생후 1~2개월 무렵 사회적 미소, 즉 사람들과 눈이 마주칠 때 반사적으로 웃는 걸 통해 자신과 타인을 구분하고, 6개월이 지나면서부터 아이들은 '어? 엄마가 내가 아니네?'라는 사실을 알게 되는데, 바로 이때부터 엄마와의 관계가 형성된다고 볼 수 있지요.

아이들은 태어나면서부터 엄마와의 애착 관계를 통해 본능적인 욕구가 충족되고 좌절되는 경험, 정해진 틀을 깨고 주위를 탐색하다가 때로는 칭찬, 때로는 꾸중을 받는 과정을 수없이 반복하면서 커 나갑니다. 생후 초기부터 엄마가 보여 주고 들려주는 것들이 아이의 발달 속도, 자아상, 심리적 안정감, 미래의 대인관계, 문제를 해결하는 방식에 지대한 영향을 줍니다.

아이들은 생각보다 빨리 보고 배웁니다. 생후 3개월 이내에 이미 얼굴 표정을 따라 하고, 돌 전에 어른들의 몸동작이나 간단한 말을 그대로 따라 하려고 하지요. 두 돌 전 무렵에는 다른 어른들이나 형, 누나의 행동을 모방하기 시작합니다. 일반적으로 유아기의 모방은 사회성의 지표로 알려져 있습니다. 즉, 아이가 자신 주위의 사람들과 세상에 대해 관심이 있고 적극적으로 참여해야 할 수 있는 것입니다. 아이들은 관찰과 모방 과정을 통해 비록 일대일로 가르치지 않아도 배워 가면서 비약적으로 발전하게 됩니다. 인간의 학습과 관련된 이론 중 반두라(Bandura)의 관찰 학습(Observational Learning) 이론에서는 다른 사람의 행동과 그 결과의 관찰을 통해 학습이 이루어진다고 보는데요, 한마디로 모범이 되는 행동을 보고 그 결과가 어떻게 나오는지를 알게 될 경우 그대로 따라 하여 습득한다는 것입니다.

많은 부모님들이 본인의 무심코 하는 말과 행동에 대한 아이의 반응이나 그 결과에 대해 대수롭지 않게 여기기 쉽습니다. 하지만 아이들은 생각한 것보다 아주 어려서부터 지금 이 순간에도 부모님의 모습을 보고 배우며, 언젠가 어느 상황에서 익혀놓았던 부모님의 행동을 모방하기 쉽다는 것을 명심하셔야 합니다. 부모가 서로 다툴 때 썼던 표정이나 말투, 아이의 사소한 잘못에 부모가 너무 과하게 공포 분위기를 조성하거나 교육적인 목적을 넘어선 분노의 표출, 아이의 죄책감을 너무 자극하는 말들, 심한 체벌 등등……. 부모의 의도하지 않은 이러한 폭력적인 모습에 노출될 경우, 아이들은 정서적으로 매우 불안정한 상태에 빠지게 됩니다.

이렇게 불안정한 정서 상태가 오랫동안 지속될수록 아이들은 쉽게 흥분하고 화를 내며, 주어진 상황에 차분하고 계획성 있게 행동하기보다는 충동적이고 폭력적으로 행동하게 됩니다. 이런 성향은 단지 가정에서만 나타나는 것이 아니라 친구와의 관계, 학교 선생님이나 다른 어른들과의 관계로까지 전파, 확대되는 경우가 많습니다. 우리 아이들이 친구와의 관계에서 문제 해결 방법으로 과도한 폭력을 사용한다면 부모님은 스스로의 모습을 돌아보아야 합니다. 아이의 폭력적인 모습은 곧 가정에서의 학습된 결과일 가능성이 높기 때문입니다.

부모님들 중 아이들의 잘못을 고치기 위해 소리를 지르고 매를 드는 건 제일 마지막 순간으로 남겨 두십시오. 자칫하면 교육적인 목적을 넘어서는 단순 체벌과 폭력이 되고 이것이 아이를 다른 상황, 예를 들어 친구들이 잘못했을 때 본인이 당했던 것처럼 똑같이 해결하려는 마음을 키우기 쉬우니까요. 부모가 화가 나고, 아이와 서로 논쟁할 때에는 오히려 처벌을 잠시 미루어 두는 것이 좋습니다. 아이에게 크게 소리를 지르거나 무시하는 말을 내뱉는 건 대개 큰 효과를 거두지 못합니다.

평소 생활에서는 원칙을 갖고 아이들 행동마다 칭찬, 상과 지시, 꾸

중, 벌을 일관되고 균형 있게 배분하는 것이 중요합니다. 아이에게 너무 지시적·통제적·부정적인 양육이 반복되면 쉽게 자신감을 잃고 위축되기 쉬운 반면, 너무 계획 없이 허용적으로 대한다면 아이가 사소한 일에도 참지 못하고 쉽게 포기하거나 떼를 쓰기가 쉬우니까요.

지금 이 순간 문제가 될 만한 아이의 행동을 바꾸겠다고 마음먹으면 우선 보이는 문제점을 한 번 다 적어 보세요. 그다음에는 한마디로 정리할 수 있는 큰 묶음으로 분류해 보세요. 그리고 이 중에서 지금 이 순간 아이에게 시급한 순서로 두 가지만 골라 그 문제에 대한 바른 행동을 짧고 분명하게, 긍정/지시 문장으로 전달해 주세요(예: "늦게 자지 마라."(×), "밤 10시에 자라."(○)). 적어도 사흘(저학년의 경우)에서 일주일(고학년의 경우) 단위로 지시한 두 가지 정도의 사항에 대한 상과 벌을 정하고, 잔소리, 비난, 체벌을 최대한 자제해 주세요. 아이에게 일관되게 대할수록 폭력적인 성향이 빠르게 사라집니다.

여러 번 생각해서 정한 원칙은 가급적 바꾸지 말고 놔두세요. 이따금 꼭 정답은 아니지만 이 정도로 해 두는 것(예: 열 시에 자기, 컴퓨터는 하루 한 시간)에 대해 아이들이 이의를 제기하거나 즉석에서 반발하는데, 그때 '그럼 어떻게 하는 게 좋을까?'라고 질문해서 아이 스스로 생각한 후 어른들과 타협점을 찾도록 지도해 주세요. 일단 정해지면 금방 바꾸지 마시고, 최소한 몇 주는 정해 놓은 규칙을 따르도록 지시해 주세요. 아이의 행동에 대한 결과가 바로 뒤따를수록 행동이 잘 강화됩니다.

3

• 아이와 소통해 주세요

하루에 몇 시간 정도 아이와 이야기를 나누고 아이의 마음을 이해해 주고 계신가요? 우리 아이가 현재 가장 좋아하는 색은 무엇인지, 같은 반 짝꿍의 이름은 무엇인지, 어떤 과목을 가장 좋아하는지 혹시 알고 계신가요?

TV나 신문에서 흘러나오는 뉴스를 보면, 학교 폭력의 중요한 원인 중 하나가 가정에서의 단절된 대화라고 합니다. 아이들과 상담을 하다 보면 집에서 미처 하지 못한 이야기보따리를 풀어놓는 경우가 많습니다. 왜 아이들이 엄마, 아빠 앞에서는 이 이야기보따리를 풀어놓지 못하는 걸까요?

요즘은 부모님들이 너무 바쁘고, 맞벌이 부부 가정이 많습니다. 학교에서 돌아온 아이들도 학교에서 하는 방과 후 수업뿐만 아니라 하루 여러 군데 학원을 다니는 등 마찬가지로 바쁘지요. 이렇게 서로 바쁜 채로 시간이 흘러가면 아주 자연스럽게 부모와 아이 간에 대화

할 시간이 사라지게 됩니다. 그나마 아이와 부모가 함께 보내는 시간 마저도 서로 TV를 보거나 게임을 하는 등 각자 단절된 시간을 보내기 쉽고요.

하지만 이 시기 우리 아이들은 부모님과의 대화가 매우 필요합니다. 누군가 나의 이야기를 집중해서 들어 주고, 같이 기뻐하거나 슬퍼할 수 있다는 것, 부모님과 의논을 통해 일상생활의 크고 작은 스트레스를 이겨 낼 수 있는 방법을 같이 찾는 것이 우리 아이들에게는 학교로 대변되는 공동체 사회를 살아가는 데 아주 큰 힘이 됩니다.

그렇기 때문에, 서로 아무리 바빠도 꼭 놓치지 말아야 할 것이 바로 아이와의 대화입니다. 부모님께서 아이들과 대화할 때 꼭 기억해야 할 것이 몇 가지 있습니다.

첫째, 아이의 마음에 집중할 시간을 따로 내셔야 합니다. 바쁜 집안

일, 해야 할 일이 많지만 아이와 이야기하는 시간만큼은 거기에 온전히 집중해야 합니다. 서로 눈을 맞추고, 아이가 자신의 경험 혹은 생각을 이야기할 때 표현하는 태도, 말투, 표정을 들여다보세요. 요새 우리 아이는 어떤 눈빛, 어떤 표정을 짓고 있을까요? 어떤 마음, 어떤 기분으로 하루를 보낼까요?

둘째, 아이가 "네.", "아니오."보다는 주어진 상황을 설명하도록 요구하세요. 아이들이 잘못한 이야기를 들으면 먼저 그 행동을 고쳐 주려는 마음이 앞설 때가 많습니다. 그렇기 때문에 아이의 마음을 공감하기보다는 훈계하는 경우가 많은데, 우선 아이가 있었던 일과 왜 그런 잘못을 저질렀는지를 가급적 길게 설명하도록 하시고 자르지 말고 들어 주세요. 그러려면 열린 질문, 즉 "네.", "아니오."로 대답할 수 없는 질문을 잘 이용하세요. 예를 들면, "네가 이 유리창 깼니?"보다는 "어쩌다가 이 유리창이 어떻게 깨졌는지 설명해 줄래?"처럼요.

셋째, 아이 입장에서 혼동되는 의사소통을 피해 주세요. 부모님들은 아이들에게 "친구를 때리면 안 돼.", "친구를 때리는 것은 나쁜 것이다."라고 하지만, 아이가 맞고 들어오는 모습을 보고는 화가 나서 "왜 맞고만 있었니?", "넌 때릴 줄 모르니?", "너도 다음엔 한 대 때려!"라고 얘기하기 쉽습니다. 이러면 아이가 어느 장단에 맞춰야 할지 몰라 혼란스러워 합니다.

넷째, 상황이 아닌 마음을 다뤄 주세요. 부모님과 아이들이 나누는 대화의 대부분이 상황 중심으로 이뤄집니다. 오늘은 어땠으며 누가 어떻게 했는지 식으로 말입니다. 그 상황 가운데 아이의 감정이 어땠는지 표현할 수 있도록 물어봐 주세요. 일상생활 중에 아이의 잘못이 눈에 띄면 아이 입장에서는 그런 마음, 그런 생각에 할 수도 있었다는 점만은 공감해 주세요. 그리고 가르침이 아닌, 이야기하는 방식으로 문제의 해결책과 아이의 반성 방법을 함께 찾아가야 합니다. 때로는 아이 스스로 이렇게 반성하고 해결하겠다는 말을 하도록 유도해 주세요.

"네가 지금까지 말한 걸 들어 보면 이런 잘못이 있었는데, 해결하려면 네가 어떻게 해야 할까?"

4

• 나 전달법을 아이가 익히도록 해 주세요

나 전달법(I-message)이란

'나'를 주어로 하여 상대방의 행동에 대한 자신의 생각이나 감정을 명확하게 표현하는 대화 방식입니다.

[나 전달법의 예]

- 청소 시간에 자주 자리를 비워 네 몫까지 해야 하니까 청소하는 데 시간이 너무 많이 걸리고 너무 힘들어.
- 나는 네가 청소를 안 해서 힘들어. 같이 청소했으면 좋겠어.
- 네가 늦게 와서 내 마음이 불편해.
- 네가 내 말을 잘 들으면 참 기분이 좋겠어.
- 네가 놀기만 하니까 내가 걱정이 되는구나.

반면에 너 전달법(You-message)은

"너 때문에", "네 잘못이야."라는 뉘앙스가 많이 들어 있는 반면, 그 상황에 대한 내 반응은 들어 있지 않은 대화 방식입니다.

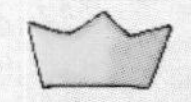

[너 전달법의 예]

- 너 때문에 망쳤잖아. 그렇게 하지 마.
- 너 하지 마. 짜증 나.
- 너는 왜 그렇게 신경질만 내니?
- 너는 왜 그렇게 내 말을 안 듣니?
- 너는 왜 그렇게 지저분하니?
- 너는 왜 매일 내 것만 빌려 쓰니?

나 전달법을 통해 상대방에게 나의 입장과 감정을 명확하게 전달함으로써 상호 이해를 도울 수 있습니다. 반면, 너 전달법은 상대방에게 문제가 있다고 표현함으로써 상호 관계를 파괴하고 일방적으로 비난하는 느낌을 전달하게 됩니다. 이에 상대방은 의도하는 바를 파악하지 못하고 변명하거나 반감을 가지고 저항을 하게 됩니다.

많은 부모님들이 아이들의 행동을 지적하고 훈계할 때 '너 전달법'을 쓰며 화를 내는 모습을 보게 됩니다. 아이들이 제일 많이 마주치고 그 사람의 행동과 그 결과를 잘 볼 수 있는 대상은 누구일까요? 아이들이 제일 영향을 많이 받고 쉽게 그 사람이 하는 행동을 따라 하는 대상은 과연 누구일까요? 아시는 대로, 바로 부모입니다. 부모님이 평소 '나 전달법'을 익혀서 아이가 타인의 감정을 자극하지 않고 자신의 상황에 대해 설명할 수 있는 방법을 집에서부터 잘 익히는 것이 지금 시대를 살아가는 아이들에게 도움이 되지 않을까요?

5

• 폭력성이 강한 영상물과 게임은 제한해 주세요

요새 아이들 상당수가 어른들 못지않게 바쁘게 지내는데요, 얼마 안 되는 여가·휴식 시간을 TV와 컴퓨터 앞에서 보내는 경우를 흔히 보게 됩니다. 이렇게 접하는 영상물이나 게임은 아이들의 가치 체계와 행동에 지대한 영향을 미치니, 좋은 음식을 권하는 것처럼 좋은 매체를 권하는 것도 어른들의 책임 중 하나가 아닐까요?

유감스럽게도 아이들이 접하는 영상물과 게임의 상당수는 좀 폭력적입니다. 그간 나온 여러 논문들에서는 폭력적인 영상물과 게임을 접할수록 폭력이 가져다주는 공포에 면역이 생기고 둔감해지면서, 폭력을 하나의 문제 해결 방식으로 점차 수용한다고 합니다. 또한 본 그대로 따라 하고 특정 캐릭터에 동질감을 느끼는데, 문제는 가해자에 대한 동일시, 모방 심리도 있다는 것입니다. 다루는 폭력이 매우 현실적이고 자주 반복되며, 캐릭터가 별다른 처벌을 받지 않을수록 따라 하기 쉽답니다. 한마디로, 폭력적인 장면이 강렬할수록 그리고 많이 접할수록 아이들이 더 폭력적이 되는 것입니다. 게다가 사회성도 부족해지고, 가족, 학업, 취미로부터 멀어지고, 학습 수준이 떨어지고, 운동 부족으로 과체중 또는 비만에 빠지기 쉬우니 아이들이 크는 동안 접하는 영상물과 게임의 내용과 시간에 꼭 신경 써 주세요.

특히 해당 영상물이나 게임의 등급을 확인하여 보면 곤란한 것을 제한하시고 혹시라도 이런 내용이 나오지 않나 유의해야 합니다.

- 동물이나 사람이 많이 죽는 것
- 술, 담배, 약물이 많이 나오는 것
- 법과 어른들의 권위를 무시하거나 범죄를 저지르는 것
- 여성에 대해 성희롱적인 것을 포함하여 함부로 대하는 것
- 비속어, 욕설 및 상스러운 행동이 나오는 것

잔인한 장면을 우연히 접할 경우, 영화나 게임과는 달리 실제로는 매우 아프고 위험해서 죽을 수 있는 일임을 아이에게 설명해 주세요. 또한 아이가 연령에 맞지 않게 너무 폭력적인 것을 보겠다고 고집을 부릴 경우, 바로 거절하고 영상을 종료한 뒤, 그 내용이 포함하고 있는 위험성과 함께 영상 속 주인공의 문제 해결 방식이 옳지 않음을 설명해 주세요.

만일 아이가 너무 오랜 시간 TV나 컴퓨터 앞에 있거나 폭력적인 장면이 많은 것을 하겠다고 고집을 부리면 일상생활에 확고한 규칙(예: 컴퓨터는 숙제를 다 끝내고 나서 하루 한 시간만 쓸 것)을 세워 주세요. 또한 TV나 컴퓨터 외에 아이가 여가 시간을 활용할 수 있는 다른 것들을 하도록 아이와 같이 찾아보세요.

6

• 아이가 뭔가 화나 있을 때 이런 걸 같이 해 보세요

사람들은 대부분 기대하거나 원하는 것이 좌절되거나, 뭔가 억울하거나, 마음이 불안할 때 화가 나기 시작하고, 화가 쌓이면 폭력적인 말과 행동으로 이어지게 됩니다. 하지만 화가 나기 시작할 때 이런 방법들을 쓴다면 화가 금방 가라앉으니 폭력까지 이어지기 어려울 것입니다.

생각의 스위치를 끄는 연습을 시키세요

화나는 일에 대한 생각은 그대로 두면 점점 커질 수 있습니다. 그래서 의식적으로 생각을 중지하는 것이 도움이 됩니다. 아이에게 뭔가 억울하고 화나는 일이 자꾸 생각나면 언제든 "그만.", "이제 됐어." 하고 소리 내어 말하는 연습을 시키세요. 소리 내어 할 수 없는 상황이라면 마음속으로 하라고 알려 주세요.

화가 났을 때 기분 좋은 상상을 유도하세요

아이가 평소 즐거워하거나 편안하게 느끼는 장소나 상황을 말하면서 상상하도록 해 주세요. 좋아하는 장소를 상상하도록 한 뒤, 그 상상이 생생해질 수 있도록 소리, 모양 등 관련된 모든 내용을 구체적으로 기술할 수 있도록 해 주세요.

마음을 가라앉히는 숨쉬기를 같이 해 보세요

화가 나면 자연스럽게 호흡이 빨라지거나 불규칙하게 되고 얕은 숨을 쉬는데, 이럴수록 마음이 답답해지고 오히려 화가 더 나기 쉽습니다. 아이가 화가 나 보이면 마음을 가라앉히는 숨쉬기, 즉 복식 호흡을 엄마와 같이 해 보면 도움이 됩니다.

먼저 바르게 누워서(또는 편한 자세로 앉아서) 온몸의 긴장과 힘을 풀고, 천천히 자연스럽게 숨을 쉬면서 지금 숨을 들이쉬었는지 내쉬었는지에 집중합니다. 한 손은 배에, 한 손은 가슴에 둔 채 되도록 가슴 위의 손은 움직이지 않고 배의 손이 움직이도록 숨을 쉬는 걸 같이 연습해 보세요. 한 번에 잘 되지는 않으니 아이가 뭔가 짜증스러워 보일 때 체조처럼 매일 일정한 시간을 들여 반복하여 같이 연습하고 아이 스스로도 해 볼 것을 격려해 주세요.

몸에 힘을 주었다가 풀면 화가 가라앉아요

앞서 말한 복식 호흡을 하고 나서 이것도 같이 해 보세요. 우선 몸 근육에 10초 동안 힘을 주면서 긴장된 상태를 유지하고 그 느낌에 집중해 보세요. 그리고 나서, 몸의 힘을 빼고 15초 간 이완된 상태의 느낌에 집중해 보세요. 머리에서부터 발까지의 순서로 신체 부위를 불러 주면서(예: 얼굴 → 팔 → 어깨 → 가슴 → 아랫배 → 다리) 힘주기, 힘 빼기를 같이 해 보세요.

화를 행동이 아니라 감정 표현으로 분출하는 시간을 허락해 주세요

부정적인 감정은 표출되지 않으면 마음속에서 사라지지 않고 쌓이게 됩니다. 즉, 한 번 화를 참았다고 해서 잘 해결했다고는 할 수 없는 것입니다. 이 감정을 해소하지 않으면 결국 더 큰 화로 표출될 수 있습니다.

대부분의 부모님은 아이의 표현에서 감정을 제외하도록 요구할 때가 있습니다. 예를 들어 아이가 울면서 말하면 "울지 말고 똑바로 얘기해."라고 하거나 아이가 흥분된 상태로 이야기 한다면 "좀 차분히 얘기해 봐."라고 말입니다. 그런데 이 아이는 지금 그런 방식의 표현으로 감정을 표현하고 해소하고 있는 것입니다. 충분히 그 감정을 느끼고 버릴 수 있는 시간이 없이 억압하고 억제한다면 아이는 그 감정을 정화할 기회가 없습니다. 이때 떼를 부리는 것과 잘 분별하셔야 합니다.

아이가 감정을 동반해 이야기할 때는 잘 이해할 수 없어도 그냥 그 속상한 마음을 받아 주고 꼭 안아 주세요. 마음이 답답하고 화가 나는 기색이 역력하면 때로는 체력 소모를 통해 에너지를 몸 밖으로 빼낼 수 있도록 함께 신체 운동을 하는 것도 화를 분출하는 데 도움이 될 것입니다.

7

• 학교 폭력, 현실적으로 이렇게 처리합시다

우리 아이들이 다니는 학교 현장에서 누군가에게 괴롭힘, 따돌림 또는 폭행이나 금품 갈취 등을 당하는 상황은 불행히도 매우 흔한 일이 되어 버렸습니다. 소아청소년기에서 또래 집단이 주는 압력은 그 자체로 거부하기 어려운 권위를 형성하고, 집단 내 누군가에게 적대적인 분위기가 형성될 경우 상대적으로 자신의 책임은 줄어들게 됩니다. 따라서, 평범한 학생이더라도 이러한 상황에서는 별다른 윤리적 갈등을 느끼지 않고 누군가를 괴롭히거나 따돌리는 데 동참하기 쉬워집니다. 소아청소년들은 아직 윤리, 도덕 개념이 부족하여 자신이 주도적으로 악의를 갖고 일을 벌인 것이 아니면 별로 문제될 것이 없다고 생각하거나, 먼저 그 아이가 다른 사람에게 무시당할 행동을 했기 때문에 한 것이고, 먼저 그 아이가 잘못했으니 이후 본인이 참여한 행동은 당연한 결과라고 치부하기 쉽습니다.

그런데, 지금의 학교 폭력 문제들은 아이들의 습관적인 변명처럼 '내가 주동한 일이 아니니 별로 문제될 것이 없다.', '먼저 그 아이가 무시당할 행동을 했기 때문에 당할 만했다.', '먼저 그 아이가 잘못했으니 내 잘못이 아니다.'라는 식으로 치부한다고 해결될 문제는 아닙니다. 우선, 2011년 개정된 학교 폭력 예방 및 대책에 관한 법률에 대한 위반으로 사회적인 책임을 져야 하는 범죄 행위가 됩니다. 이 법에서 "학교 폭력"이란 학교 내외에서 학생 간에 발생한 상해, 폭행, 감금, 협박, 약취·유인, 명예 훼손·모욕, 공갈, 강요 및 성폭력, 따돌림, 정보 통신망을 이용한 음란·폭력 정보 등에 의하여 신체·정신 또는 재산상의 피해를 수반하는 행위로 규정되어 있습니다. 한마디로 여기에 나와 있는 행동들은 모두 범법 행위입니다. 또한 "가해 학생"이란 가해자 중에서 학교 폭력을 행사하거나 그 행위에 가담한 학생이 됩니다. 즉, 적극적인 폭행을 방조하거나 망을 보는 행동은 비록 폭행을 저지르지 않아도 가담이라는 책임을 면하기 어렵습니다.

이 법률에 따르면 피해 학생에게는 심리 상담 및 조언, 일시 보호, 치료를 위한 요양, 학급 교체, 전학 권고, 그 밖에 피해 학생의 보호를 위하여 필요한 조치를 받을 권리가 주어집니다. 치료를 위한 요양에 사용되는 비용은 가해 학생의 보호자가 부담하여야 하며, 이를 부담하지 않을 때에는 〈학교 안전사고 예방 및 보상에 관한 법률〉 제15조에 따른 학교 안전 공제회 또는 시도 교육청이 먼저 부담하고 이에 대한 구상권을 가해 학생 쪽에게 행사할 수 있습니다. 한마디로 부모가 부담을 거부하면 학교 안전 공제회나 시도 교육청이 부모를 대상으로 법적인 채무 불이행에 대한 책임을 물을 상태에 놓인다는 얘기입니다.

또한 가해 학생에게는 피해 학생에 대한 서면 사과, 피해 학생에 대한 접촉이나 협박 및 보복 행위의 금지, 학급 교체, 전학, 학교에서의 봉사, 사회봉사, 학내외 전문가에 의한 특별 교육 이수 또는 심리 치료, 열흘 이내의 출석 정지, 퇴학 처분 중 하나 이상이 가해질 수 있습니다. 이중 의무 교육 기간인 초·중등 학생들에게는 퇴학 처분을 내릴 수 없고, 피해 학생에 대한 서면 사과, 피해 학생에 대한 접촉이나 협박 및 보복 행위의 금지, 학교에서의 봉사는 우선적인 조치로 규정됩니다.

사안의 심각성과 정도에 따라 학생, 학부모, 학교 당국에 작은 분쟁이 끊이지 않지만, 법적인 유권 해석을 받기 전에 학교에서 위원회를 통해 아이들과 부모들 사이에 화해하고 조정이 잘 이루어져 합의점이 도출되고 재발 방지 서약을 받고 잘 지켜 나가는 것이 가장 이상

적이라고 할 수 있겠습니다. 교육 현장에서는 특히 아이들 사이에 무슨 큰 폭행보다는 협박, 명예훼손·모욕, 공갈, 따돌림 등으로 간주되는 다툼이 더욱 흔하고, 이로 인해 가해 학생 및 부모가 매우 억울해하면서 마치 집안 간의 자존심 싸움 같은 일들이 소모적으로 벌어져 갈등이 깊어지는 경우를 자주 보게 됩니다.

경험적으로는 중재 초기부터 2인 이상 교사 입회하에 가해 학생과 부모가 사과의 말과 사전에 작성된 서면 사과문을 피해 학생 및 부모에게 건네고 이를 수용하는 과정이 한 번에 이루어지는 것이 제일 좋습니다. 피해 학생에게 발생된 치료비는 가해 학생 측에서 부담하는 원칙이 초기부터 공지, 적용되어야 하는 건 물론이고요. 초기부터 중재 과정에서 정해진 절차가 있고, 그 절차가 서로에게 필요 이상의 불이익을 주지 않는 것이 피해 학생 및 가족의 심리적 후유증이 분쟁

기간 중 2차, 3차 이상으로 누적되고 그 결과 장기화되거나 다음 학년도에 피해자가 학교 폭력 가해자로 돌변하는 악순환을 더 효과적으로 막을 수 있습니다.

대한민국 대표 인성·환경·역사 교과서
왜 안 되나요 시리즈

중국 저작권 수출 도서
서울환경연합 선정도서
서울시교육청 추천도서
교보문고 키위맘 선정도서
한국미래환경협회 추천도서
아침독서 선정도서
한우리 독서올림피아드 필독서
국립어린이청소년도서관 추천도서
소년한국우수도서 선정도서

어린이를 위한 습관의 힘 시리즈

탤리캣과 마법의 수학 나라 시리즈

말뜻을 알면 개념이 쏙쏙 잡히는 시리즈

세상을 바꾸는 멘토 시리즈

권당 12,000원 · 각 시리즈는 계속 출간됩니다!